小学館文庫

マザー／コンプレックス

水生大海

小学館

目次

マザー／コンプレックス

第1部

1

蜂須賀恵理子《はちすかえりこ》は息を呑《の》む。三日が経《た》って、そのスマートフォンがようやく着信音を鳴らしたのだ。

あの日は雲ひとつない青天だった。晴れの特異日と呼ばれるだけあって昼の気温はぐんぐんと上がり、乾いた風が吹いていた。

そんな十一月の空に昇っていったのは、祥平《しょうへい》の身体《からだ》を焼く煙だ。

壊れてしまった祥平のスマホからＳＩＭカードを取りだして、私のスマホに入れてほしい。俊介《しゅんすけ》にそう頼んだら、めんどうそうな表情をされた。黒いネクタイを緩め、呆《あき》れたようなため息を聞かせてくる。

「ＳＩＭに紐《ひも》づいているのは電話番号と、所有者が誰かって情報程度だ。データは端末と、設定によってはクラウドの中。……ＳＩＭを別の端末に入れる意味なんてないよ」

「祥平あてに電話がかかってくるかもしれないじゃない」

「誰も死んだ人間に電話をかけやしない。いまどき、やりとりはＳＮＳだ。母さんとオレとだって、急ぎじゃなきゃＬＩＮＥだろ」

それでもと懇願する恵理子に、俊介は中古のスマホを買ってきて必要な処置をしてくれた。母さんのスマホに入れたら母さん自身が電話を使えなくなるだろと言いながら。

電話を受けようと液晶画面に指をはわせたとき、もうひとつの俊介の言葉がよみがえった。

「かかってくるのは悪戯《いたずら》や嫌がらせの電話かもしれないよ。犯罪者のレッテルを貼られた人間を、世間は攻撃したいものだから」

弟のことを犯罪者扱いするなんてと睨《にら》むと、俊介は不貞腐《ふてくさ》れたようにうつむいた。子供のころから変わっていない、やり過ぎたことの反省をうまく口に出せないときの態度だ。

これは嫌がらせの電話だろうか。液晶画面に表れている数字は、〇五二の市外局番からはじまる固定電話だ。電話番号を晒《さら》してまで、悪戯などしないのではないか。

俊介はネットで番号の検索をする方法も教えてくれたけれど、恵理子が逡巡《しゅんじゅん》する間にコールは十回を超えていた。切られるまえに、と通話のボタンをタップする。

「お忙しいところ恐れ入ります。蜂須賀祥平さまのお電話でしょうか。こちら名古屋市栄《さかえ》のTホテルにありますリストランテ・イル・カステッロと申しますが、ご予約のお時間を過ぎておりまして」

滑舌よく品のある男性の声が、受話口から流れる。

「予約……。祥平がレストランの予約ですか」

「はい。本日十八時三十分、二名さまで承っております。あの、失礼ですが……」

なぜ本人が出ないのかという問いなのか、女性の声を不審がっているのか、わからないまま「母です」と恵理子は答える。

「お母さまですか。祥平さまのお誕生日、おめでとうございます」

明るくなった声が、恵理子の耳を刺す。

そうだ。今日は祥平の三十歳の誕生日だ。朝、カレンダーで確かめたのに、意識から抜け落ちていた。祥平は、誰かと祝う予定だったのだろう。

「あの……うかがうはずだったもうひとりの方から、キャンセルの連絡が行ってないのですか？　……申し訳ないのですが、祥平は……」

「お母さまとご一緒と承っておりましたが」

え、と恵理子は喉に言葉を詰まらせる。

「はい。お母さま宛てのドルチェプレートをご用意しております。……それで祥平さまは――」

「死んだんです」

受話口の向こうで、困惑の息遣いがあった。

「祥平は死んだんです。だから……すみません」

相手はなにか言おうとしていたようだが、恵理子はスマホを耳から離して通話の終了ボタンをタップした。その画面に涙のしずくが落ちる。手の甲で拭うもなお落ちてくる。

自分の誕生日なのに、私宛てのドルチェプレートを頼んでいるだなんて。産んでくれてありがとう、あの子はきっとそう言うつもりだったのだ。優しい子だ。俊介よりもずっとずっと私を気遣ってくれる自慢の息子だ。私の作った食事を毎朝食べ、私の作った弁当を持って会社に行き、残業で遅くなる日はこまめに連絡をくれた。

そんな子が痴漢なんてするはずがない。

ましてや逃げようとして線路に転落し、地下鉄に轢《ひ》かれてしまうなんて。

絶対に冤罪《えんざい》だ。

「東山《ひがしやま》線は全駅にホームドアがついている。正式名称、可動式ホーム柵。祥平はそいつを越えようとした。上社《かみやしろ》は高架駅だから上下の線路の間に壁も柵もなく、見通しがいい。あいつはリトルリーグや草野球で鍛えていて俊敏さに自信があったから、逃げられると踏んだんだろ」

恵理子の涙の訴えを、俊介は冷静に切り捨てた。

地下を走る電車ながら、名古屋市営地下鉄東山線は一社《いっしゃ》駅と上社駅の間で地上へ出る。二十二駅あるなかで、上社を含む東側の三駅は、明るい太陽のもとなのだ。終点は名古屋市の東の端に位置する藤《ふじ》が丘《おか》駅。名古屋市の隣にある長久手《ながくて》市の西端に住む蜂須賀家の最寄り駅もそこになる。駅が地上にあるほうが清々《すがすが》しい気持ちになると主張して終《つい》の棲家《すみか》を定めた夫は、五年前に病を得て鬼籍に入ってしまった。両隣の家の壁が迫る小さな建売住宅ながら、恵理子ひとりきりの今は持て余している。俊介がエンジニアとして勤める会社も同じ愛知県内だが、通勤に時間がかかるという理由で社員寮に入った。いずれ結婚したら戻ってくるかと訊《たず》ねたことがあるが、いい顔はされなかった。じゃあ僕がこの家をもらうよと言ってくれたのは祥平だ。──なのに、と恵理子はまた気持ちが沈んでしまう。

「ちょっと母さん、聞いてるの？」

俊介が腰を浮かせ、顔を覗《のぞ》きこんでくる。俊介は今夜、祥平のノートパソコンの中身を探るために、仕事が終わったあと家に帰ってきていた。ｗｅｂのサービスやサブスクの登録は本人が亡くなっても消えず、知らない間にお金が引き落とされるから解約をしなくてはいけないと俊介は説明し、難しい表情であちこちのサイトを確認していた。

今もダイニングテーブルで、ノートパソコン越しに向かいあって話をしている。

「聞いてる。だけどおかしいでしょ。痴漢の被害者は女子高生だっていうけれど、祥平が事故に遭ったときには逃げちゃってて、どこの誰なのかもわからないのよ。本当に祥平から痴漢をされたのなら、駅員なりなんなりに訴えてるはずでしょ」

「その子は上社駅で祥平をホームに降ろし、やったのやってないのと言い争っていたそうじゃないか。八時台の東山線は、上下とも二、三分おきにやってくる。ましてや朝のラッシュ時の上り線だ。ホームは乗り降りの客でごった返す。そんななかで祥平が人混みのなかに駆けこんでしまったら、訴えようもないだろ。その子は祥平に逃げられて、仕方なくやってきた地下鉄に乗ったんじゃないか。祥平が別の車両に乗りこんだ可能性もあると考えて、車内に戻って捜そうとしたのかもしれない。どちらにせよ、事故が起こったのはその地下鉄が発車したあとだ」

そう、祥平も逃げるなら逃げるで、次の地下鉄に乗ればよかったのだ。さらに次の駅ででも降りてやりすごせば、問題なく会社に行けたのに。

警察の説明によると、近辺の路線バスでトラブルのあった影響か、祥平が乗った時間前後の地下鉄は、乗車率が通常より高かったらしい。乗降する客に阻まれて出口までたどり着けなかった祥平は、地下鉄が通りすぎた直後、先頭車両側からホームドアを乗り越えて線路に侵入した。ホームドアは後付けで設置されたため、ホームの端ギリギリまではつけられていない。もちろん間に柵が設けられているが、その先に残るホームと線路の間は、従来と同じくなにもない。上社駅では、上下線とも車両の最後尾のうしろ側が、その〝なにもない〟ところだった。間にある柵もホームドアより低い。祥平は、向かい正面のそこから直接ホームに上がろうとしたのだろう。だが慌てたのか、よじ登ろうとしたところで手を滑らせて転落。そのタイミングでまだ速度を保っている下りの地下鉄が来てしまった。

「それでも許せないわよ。祥平の事故でそのあと地下鉄が止まったことぐらい、いくらでも知れるでしょう。自分が原因だっていうのに名乗り出てもこないなんて」

祥平は逃げきれなかったというのに、難癖をつけた女子高生はなにも知らないいま逃げて、今にいたるまでそのままだ。

「原因は祥平自身だ」

馬鹿な弟だと思っているのだろう、俊介は哀しさと悔しさが混じった目を向けてくる。

「そんなことない。冤罪だって言ってるじゃない。その女子高生の勘違いか、別の男の犯行だったのに近くにいた祥平と取り違えたか、どちらかよ。祥平が痴漢なんてするはずがない。言ったわよね、誕生日ディナーを予約してた話。俊介なんて、駅前のファミレスさえ連れてってくれないじゃないの」

「行きたいならいくらでも連れてってやるよ。けど母さんは別のファミレスでパートをしてるしさ。それもどうかと思って」

「辞めたわよ」

俊介が目を丸くした。なにを驚いているのだと恵理子は呆れる。祥平が死んで、他人に笑顔など見せられるはずがないだろう。

「生活、どうするの」

「お父さんの遺族厚生年金があるし、もともとあまりシフトも入れてなかったし」

「落ち着いたら、また働いたほうがいいと思うよ。気が紛れる」

「六十になろうというオバサンを雇ってくれるところがあるかしらね」

「今はけっこうあるよ。……もしかして、噂《うわさ》が立ったの？　祥平のこと」

不安の色を見せながら、俊介が訊ねてくる。

「店では別に。だけどゴミ置き場の脇の家、斎藤《さいとう》さんのダンナさんが同じ車両に乗っていて、痴漢だと騒ぐ女子高生に小突かれて降りた祥平を見たんだって。事故のニュースとうちが葬式でバタバタしてたことを結びつけて、周りに広めてた」

ご近所づきあいはさほどしていないが、最近、カラスがゴミを荒らすので、同じ場所を利用している人とあいさつ程度の愚痴をこぼしあう。そんななかで話を聞いたと恵理子に教えてきたのは、同じく顔見知り程度のご近所さんだ。噂になっていると言いながら、それが真実なのか探る目をしていた。

「で、どうしたの」

「地下鉄の事故じゃなく自動車の事故だって答えた。斎藤さんにも文句を言った。嘘《うそ》を言わないでって」

報道では、男性が線路内に立ち入って事故に遭ったという扱いになっていた。ほかの乗客とトラブルになったという記事もあったが、祥平の名前は報じられていない。女子高生が去ったため、被害届も出ていないだろう。

「嘘は母さんのほうじゃないか。よくそんなしらじらしいことが言えたね」

馬鹿正直で融通のきかない俊介らしい反応だ。

「認めろって言うの？ 冗談じゃないわよ。斎藤さん、なんかもごもご言い訳を重ねてたけど、死んだ人間を貶《おとし》めないでって言ったらさすがに黙った」

「そんなに必死で否定するなんて、逆に怪しいと思われるよ」

と言った俊介が、ふいに険しい表情をしてノートパソコンに顔を近づけた。

「祥平の名誉の問題。それに斎藤さんが見たのは祥平が地下鉄から降りていくところだけ。痴漢の瞬間なんて見てないくせに祥平を悪《あ》しざまに言うのよ。許せない。

だいたい、男性を小突いて降ろすなんてどれだけ乱暴な子なの。M女学院は昔はお嬢さま学校って言われてたけど、最近は質が落ちたものね」

警察からは女子高生としか聞けなかったが、斎藤の夫が制服を知っていたことから学校名がわかっていた。

「上社駅より手前にある駅はふたつだけでしょ。時間の見当はついてるんだから、駅で見張っていればその子がわかるんじゃないかしら」

「無理だし、いっそう噂になるから絶対やるなよ。……まあ、これでも見て落ち着くんだな」

俊介が、ノートパソコンを恵理子のほうに向けた。自分も席を立ち、恵理子のそばまでやってくる。液晶画面に出ているのは動画ソフトだった。映りのよくないぼんやりとしたものの上に、右向きの三角マークが載っている。

「いい？　再生するよ」

そう言った俊介がタッチパッドを操作する。動画がぼんやりしていたのは、明るさが足りないからのようだ。ピントも合っていない。白色と薄桃色が揺れている。

と、突然、画面がくっきりとした。恵理子はその正体に気づく。

下着だ。むっちりとした太ももの間に挟まれた下着が、その下にあるものの形をわずかな陰影で伝えてくる。

「やめて、止めて」

俊介が停止ボタンをクリックし、動画ソフトを終了させる。画面にはフォルダーの中身を示す窓が開いていた。びっしりと並ぶファイルには、アルファベットと日付らしき数字が書かれている。俊介は無言で次のファイルを呼びだした。

こちらは最初からピントが合っていた。薄い水色の下着の裾から尻のふくらみがはみ出ている。

「やめて」

恵理子はタッチパッドに置かれた俊介の手をつかんだ。

「オレも見たいとは思わないよ。でもこのフォルダー、鍵がかけられてた。いけないものだとわかったうえで持ってたんだろ。盗撮だよ。祥平が撮影したんだな。日付を見るに、けっこう以前からだね」

「……しょ、祥平が撮ったとは限らない。ネットから、ほらあれ、ダウンロード、それをしたかもしれないじゃない」

「だとしても被写体が穿《は》いてるスカートは制服のようだから、十八歳未満、児童ポルノの可能性が高い。こういうの、持っているだけで駄目なはずだ。撮ったか落としたかはプロパティを見ればわかる」

「よして。全部消して」

「いや。先にネットに流出させていないか調べないと。母さん、わかってる？　映ってる子たち、被害者だよ」

「顔は映ってないじゃない！」

「そういう問題じゃないってば。これは犯罪なんだよ。祥平は痴漢行為を働いた。盗撮したのか、身体に触ったのかはわからないけど、祥平を地下鉄から降ろした女子高生は嘘をついたわけでも間違えたわけでもない。そこ、しっかりと認識して」

俊介が怖い顔で睨んでくる。

どうしてそんな冷たい言い方をするんだろう。どうして実の弟に対して、責めてるようなことを。最初の子だからと、責任感のある子に育てようとしたのが、かえって悪かったのだろうか。

こんなの嘘だ。祥平がこんなことをするはずが……

恵理子の頬を涙が伝う。俊介はなにも言わず、向かい側の席に戻っていく。パソコンからまたなにかを探っている。

2

警察から連絡を受けた夏川美夏《なつかわみか》は絶句した。

M女学院に通う高校二年生の長女、紗季《さき》が地下鉄東山線の車内で痴漢に遭い、それを捕まえたという。

電話が入ったのは、美夏自身も出勤のために自宅最寄り駅の階段を降りているところだった。階段の幅は狭く、途中で立ちどまるのは迷惑だ。通路まで辿《たど》りついてから端へと寄り、残りの話を聞いた。

紗季は友人ふたりがつきそっているためか落ち着いている。今日は被害を確認してすぐに捕まえたこともあり、それほどショックは見受けられない。スマホの向こうの相手はそう言う。

今日は、という言葉に美夏は引っかかった。それはどういうことなのだ。今までも被害に遭っていたのか。不安混じりにそう問うと、詳細は直接お話しします、と迎えにくるよううながされた。

急で申し訳ないが休ませてほしいと、勤め先に電話を入れた。美夏は週に三日、データ入力の仕事をしている。正社員とアルバイトの待遇をわけるため、出社時間は遅い。家族が病気になってと誇張を加えて話すと、休みはすぐに認められた。あまりよくないことだが、上司は容貌の良い美夏に甘い。だが月曜日は週末のデータが溜《た》まっていて忙しいので、同僚はいい顔をしないだろう。反感を買わないよう、次の出社日にはおわびとして菓子でも買っていかねばとスマホにリマインダーを入れておく。いつも以上に地味な恰好《かっこう》で行くことも忘れないように。

それらを済ませて地下鉄に乗ると、あとは紗季のことで頭がいっぱいになった。

痴漢に遭いやすいのは、短いスカートを穿いている女性ではない。おとなしそうだったり、抵抗しなさそうだったりする見かけの女性だ。いつだったか読んだネット記事を思いだす。

それは小柄な紗季にそのまま当てはまった。美夏は一六七センチと四十五歳女性の平均より高身長だが、紗季は今、一五五センチあるかないか。父親の博正《ひろまさ》に似てしまった。できれば美夏と同じぐらいあるほうが将来に有利だと、カルシウムを多く摂取させている。一方、顔立ちは美夏とよく似ていて整い、横顔など瓜二《うりふた》つだ。常に凜《りん》とした表情でいれば下手な男は手出ししてこないと言い聞かせているのに、紗季はいつも気弱そうにうつむいている。

今までに遭ったかもしれない被害は、どれほど紗季を傷つけたことか。美夏は、自分が辱められたかのような怒りでいっぱいだ。二女の麻衣《まい》も含めて娘たちには普段からアンダースコートを穿かせているので、よほどのことはないと思いたい。紗季は香水のにおいが苦手という理由で女性専用車両を避けているが、なんとか克服させなくては。

迎えにくるように、と言った割には紗季への聴取は長引いていたようで、解放されたときはもう昼が近かった。十一月も中旬に差し掛かり、朝夕の寒さを防ぐために着たトレンチコートが、今は暑い。紗季は制服のジャケットだけだ。

このまま学校に行くという紗季に、美夏は今日ぐらいは休んだほうがいい、思いだして気分が悪くなるかもしれない、と言い聞かせて家に連れ帰った。夏川家の住まいは名古屋市西区、鶴舞線《つるまい》浄心《じょうしん》駅近くにあるマンションだ。分譲なみにセキュリティがしっかりしている。博正の実家は持ち家で天白《てんぱく》区にあるが、ドアツードアだと職場のある名古屋駅から一時間ほどかかり、出張も多いため、転職で名古屋に戻ったときからこの界隈《かいわい》に住んでいる。オフィス街や官庁街に近いという利便性からマンションや高層階の団地が目立つものの、下町風情の漂う一軒家もまた多い。スーパーや金融機関も近く、生活に便利な街だ。

「紗季、警察から多少は教えてもらったけれど、もう少し詳しく話を聞かせて。そもそもいつから痴漢に遭っていたの？」

美夏は紗季をリビングのソファに誘い、座らせた。自分も隣に座り、身体を紗季へと向ける。なにかを言い聞かせたり話を訊《き》いたりするときには、小さなころからこうしている。

「二……、三週間前から、かな」

「そんなに以前から？」

驚きのあまり、美夏の声が尖《とが》る。紗季が視線を下げた。

「えっと、痴漢なのか、たまたま当たっただけなのか、満員電車だからはっきりしないし」

通勤通学の時間とあって、紗季が被害に遭った区間を含む東山線名古屋駅から栄駅の間は、やってきた地下鉄に乗れない「積み残し」が出るほど混んでいる。栄はオフィス街、商業街、歓楽街を持つ名古屋の中心地だ。

「はっきりしないって……、たまたまなら、なんですかって言えば、向こうだって誤解されたくないと手を引っこめるでしょ」

言えないよ、と紗季が口の中でもごもごとつぶやく。

「だって、違うって怒られそうで。それに、私に何度も同じことをしてくるってことは顔を覚えられてるわけだよね。仕返しされたらって考えると、声が出せなくて」

歯がゆい。まさに紗季はそういう子だ。だから余計に目をつけられる、狙われる、と美夏はため息をついた。

「言えないなら睨むとか、場所を移るとか」

「睨めないけど、身体をよじって避けるようにはしてた。だけどなんかしつこくて、避けてもくっついてきて。怖くて顔を見られなかったけど、同じ人みたいだって気づいて。そうわかってから車両ごと変えたんだけど、一日二日したらまた触られた。乗るのを一本見送ってもやっぱり同じで、それで先週、萌奈《もな》に相談した」

紗季につきそっていたひとりは、同じ学校に通う池辺《いけべ》萌奈だった。浄心駅から鶴舞線で南方向に三つ先の伏見《ふしみ》が東山線への乗り換え駅だが、萌奈は通学ルートを大回りしてそこまで来てくれたという。

「どうしてそこでママに言わないの。ううん、そのまえ、最初からよ。二、三週間もだなんて、どれだけ嫌な思いを」

「だからさっきも言ったように、はっきりしなかったんだって。手……かなにか、押しつけてくるだけだったから。でも、だんだんエスカレートしてきてお尻を揉《も》まれて」

困ったように、紗季が首を横に振る。

「それは紛れもなく痴漢です！」

美夏の頭に血が上る。自分なら相手の胸倉をつかんでいるだろう。いや、高校生のころはそこまでできなかったかもしれない。それでも相手の手を払いのけるくらいはしていた。

紗季はふがいなさそうに唇を噛《か》む。

「……うん。だから萌奈に相談したんだって。萌奈が私のそばについておしゃべりしてくれてた日は、なにもなかった。でも毎日萌奈に大回りしてもらうわけにもいかないでしょ。で、萌奈が捕まえようって言いだした。ほかにも被害に遭ってる人がいるかもしれないし。だけどふたりじゃ不安だから、塾の友達に手伝ってもらった」

「それがあの男の子?」

警察は、ふたりの友人が協力して紗季に痴漢を働いた男を捕まえたと言っていた。たまたま居合わせた中年女性も手助けしてくれたが、駅員が来たところで、仕事があると言って去ってしまったそうだ。萌奈と男の子は、証言をする、証拠もある、と紗季とともに警察に行ったのだという。

「ママだって、言ってくれれば協力するのに」

「だってあの男、ママより背、高いし。小瀬《おぜ》くんは同じぐらいあって、足も速いんだよ」

「もしかしてボーイフレンド?」

美夏の質問を、紗季は即座に否定した。

「友達」

友人のもうひとりが男子だったことに驚いている美夏に、その子は、小瀬樹《いつき》ですと名乗った。同じ二年生で塾で知りあいましたと、爽やかな声ではきはき続ける。細身で、身長は一七五センチほど、R高校男子部の制服を着ていた。進学校だ。理由を言えば学校も遅刻を許してくれるだろうが、それでも授業に出られなければ困るだろうに。

「じゃあ、萌奈ちゃんのカレシ？」

「違う。萌奈にもそういうの訊かないで」

「わかってる。感じのいい子だと思っただけよ。改めてお礼をしなきゃね」

「……いいよ、そんなの」

手で拒否するようにしながらも紗季は、ほのかに頬が緩んでいた。お見通しなんだから、と美夏は思う。交際相手として、条件的には合格点を出せる子だ。浅いつきあいでいるならだが。そこはあとで釘《くぎ》を刺しておこう。それよりも問題は今回の痴漢だ。

「それで三人で痴漢を捕まえたのね。怖かったでしょうに」

「怖かったけど、萌奈たちがいたから。……萌奈、すごいんだよ。いろいろ確かめてくれてたの。その人、伏見駅のホームから私に狙いをつけてたんだって。だから車両を変えても一本遅らせても効果がなかったんだ」

「ホームから？」

　三人が痴漢男を降ろしたのは、伏見駅から東方向にひとつ先の栄駅だ。男は、乗り換えのホームで待ち構えていたということだろうか。

「鶴舞線を降りたあと、東山線のホームに向かうよね。その通路の最後の短い階段のそばにちょっとしたベンチがあるんだけど、そこであの男が待ってたって言うの。私を見て、ほかのお客さんの波に紛れながら近づいて、すぐ後ろのポジションを取ってたんだって。私、言われるまで全然気づかなかった」

「じゃあ萌奈ちゃんは、紗季よりもずっと早い時間から駅にいて、観察してくれてたってこと？」

「眼鏡かけて変装までしてくれたんだよ。だから私、今日は触られるのも覚悟してた。絶対、絶対、逃げないって決めて」

　痴漢男は、それまでの紗季の気弱なようすや、触られても抵抗しないことに増長していたのだろう。なんて卑怯《ひきょう》な。

　美夏は紗季の肩を抱きしめた。

「それでも怖かったでしょう。気持ち悪かったでしょ」

「ママ……」

「よくがんばったね。でもがんばらずに逃げていいのよ。もっと早くから声を上げて大人に頼るの。いくら男の子が協力してくれたからって、高校生だけで捕まえようだなんて」

でも、と紗季が美夏の腕に手をかけ、身を離そうとする。

「頼れる大人なんていなかった。私が身をよじって嫌がってるようすに気づいてる人、絶対いたと思う。だけど誰も助けてくれなかった。そりゃあ私が、痴漢だって言えなかったせいもあるけど」

「だからママがついてってあげるって言うのに」

「でもママはすぐ私の名前を呼ぶでしょ。痴漢に名前まで知られたくなかった」

たしかに自分にはその傾向がある、と美夏は身をすくめる。紗季という名前を舌の上で転がすと、甘い感覚を思いだすのだ。紗季が生まれたばかりのころ、その名をずっと呼んでいた。この子が、自分を新しい場所に連れていってくれるのだと。

思い出に浸っている場合ではないと、美夏は咳払《せきばら》いをする。

「言ってくれれば気をつけますって。ママが言いたいのは、子供たちだけで行動するのは危ないってこと」

「子供って。来年には成人だよ」

「それはそうだけど、でもね」

「私たち、ちゃんと気をつけて計画も立てたんだよ。ほんの二週間ほど前、先月末にもあったでしょ。上社駅で痴漢が線路に降りて、死んじゃったじゃない」

「上社？　線路の立ち入りがどうというニュースは見たけど、そのこと？」

「あれ、痴漢が逃げたらしいよ。萌奈が教えてくれた。だからそういうことにならないように、逃げても無駄だってわからせるよう、相手の名前を押さえることにしたの」

「だけどなにがあるかわからないでしょ。万が一があったら困るの」

美夏は紗季の目を見つめた。ね、と念を押す。紗季が視線を落とした。

「……わかった。次は相談する」

「次だなんて、冗談じゃない。女性専用車両に乗りなさい。香水のにおいは我慢して。乗客の全員がつけているわけじゃないんだから、この人くさいと思ったら移動すればいいのよ」

紗季はげんなりした表情になる。よく聞いて、と美夏は話を続けようとしたが、紗季は疲れたと言って自室に引っこんでしまった。マンションは３ＬＤＫ、ふたりの娘には小さいながらも個室を与えている。鍵はないが、部屋に入ったあとは追っていかないと決めている。自分は子供扱いなどしていないのだ。

昼食を済ませて片付けを終えた。気晴らしにケーキでも食べにいかないかと洗面所にいた紗季に声をかけると、長い髪をうしろでまとめていた。

「もしかして出かけるつもり？」

「うん……、なんかその……」

自転車を走らせるのだろう。いつのころからか、紗季は気持ちが落ち着かなくなると、ちょっとその辺を走ってくると言って美夏の自転車の鍵を握った。買い物に使うだけのママチャリだ。ほんの十分か、長くても三十分ほどで戻ってくる。風に当たる程度の気分転換のようだ。

「日焼け止めを隅々まで塗りなさいよ。あと、学校をサボってると思われてはいけないから、キャップとマスクもしなさい」

「うん」

「早く帰るのよ」

「わかってる」

と紗季はそのまま玄関へと足を進める。美夏は追いかけて止めた。

「その恰好じゃ駄目。男の子に見えるような服にしなさい。グレーのパーカーはどう？」

「先週、ダンス教室に忘れてきた。帰り、暑くて」

まったく、と思いながら脱衣所に戻ると、ナイロンの黒いスタジャンが置かれていた。

「これ。麻衣のだけど」

「勝手に着ちゃ怒られるよ」

「洗濯してもらうつもりで置いてあるんでしょ、週末に着てたみたいだし。洗うまえにちょっと借りるぐらい、かまわないんじゃない。バレたらママが怒られてあげる」

「……わかった」

紗季がスカートをひるがえして自室へと戻る。着替えて出てきた紗季は、ワイドタイプのジーンズと黒いスタジャンという恰好になっていた。玄関のそばの壁に設《しつら》えた鏡を眺め、髪をキャップの中に入れている。それでも男の子には見えなかった。

3

昨日まで、高奈琴絵《たかなことえ》は幸せの中にいた。

結婚して五年目で、やっと妊娠五ヵ月を迎えようというところだ。不妊治療をはじめても早期流産で胎児を失うばかりで、自分は命を育むことができないのではと悩んでメンタルクリニックにも通ったことがある。けれど今回は、それまでの妊娠とは違う予感がしていた。胎動はまだ感じないが、おなかから力強さのようなものが伝わってくるのだ。

なのにどうして、こんなことに。

警察から、地下鉄東山線の伏見駅から栄駅の間で夫の篤志《あつし》が十七歳の女子高校生に痴漢行為をしたと連絡を受けたのは、会社の昼休みを過ぎたばかりの時刻だった。被害者および十六歳の女子高校生と十七歳の男子高校生に捕まえられたという。

高奈物産は主に建設資材を扱う会社で、篤志の母方の祖父が興した。社員は現在百名ほど、東山線の新栄町《しんさかえまち》駅から少しいったところに小さいながらも自社ビルを持っている。父親の将市《しょういち》が社長で、母親の文子《あやこ》が専務という同族会社のため、三十四歳の篤志もこの春、営業部部長という職位を得た。経験を積んで人脈を築くために、いったん大手の建設会社に就職してから高奈物産に入ったので、琴絵より社歴は短い。一方の琴絵は学年ではふたつ下、新卒で入社して営業事務の仕事に就き、あとから入った篤志のアシスタントをしていた。その後、結婚の決まったころに経理部に移っている。将来を考えて、会社全体のお金の動きを知っておいたほうがいいという高奈家の方針だった。

——高奈家。交際当時は個々人のつきあいの延長が結婚だと思っていた琴絵だが、会社を経営している家の子息が相手とあって、どうしても家というものを意識せざるを得ない。また、人と人との結びつきが強い土地柄ゆえか、親世代も含めて昔からの友人知人、同じ学校の出身というつながりから仕事が進んでいくことも多い。

学校といっても大学ばかりではなく、私立中学校の同級生や先輩後輩の縁もある。これは名古屋に限った話ではなく、金を持つ人々の世界はそういったもので動いているのだろうと、サラリーマン家庭に育った琴絵は妙に納得していた。五年経ってもまだ慣れないが、馴染《なじ》もうとしているところだ。

それが、痴漢。篤志はどうしてしまったんだろう。とても信じられない。なにかの間違いじゃないか。どこかに誤解があるのでは。

電話が終わっても廊下で立ちすくむばかりの琴絵の耳に、経理部のフロアから笑い声が届いた。現実に引き戻され、はたと恐怖を覚える。

どうしよう。部長という立場の人間が、高奈物産の跡取りが、そんなことをしたと社員に知られたら。人と人が密接につながっているなかで、悪評が立ったら。

琴絵は怯《おび》えた。電話をかけてきた警察の人間は、篤志は逮捕され、しばらくこちらに泊まってもらうことになると言っていた。調べが済むまで帰れないということか。

なにをどうすればいいかわからないまま、琴絵は営業部に行って、篤志は体調不良で休むと伝えた。なかなか出社しないから取引先でも回ってるのかと思ってましたよと、副部長はのんびりした答えを返してきた。大きな案件が終わったばかりらしく、その場にいるスタッフの雰囲気も穏やかだった。

次にやることはなんだろうと考え、こういうときは弁護士をつけるものだとやっと気づく。会社の顧問弁護士には知られないほうがいい。琴絵は営業部を出てからすぐに経理部に戻ったものの、調べるのは会社のパソコンではなく自分のスマホのほうがいいと、思い直してまた出ていく。

上司は琴絵の行動に、なにをやっているのかと訊ねることさえしなかった。琴絵は経営者側の人間なので、波風を立てたくないのだ。それは同僚も同じで、結婚すると知られたころからどこか距離を感じるようになった。馴染んだ職場にいても寂しさが一枚、常に背中に張りついているようだったが、今日はその隔たりがありがたかった。

廊下の隅で、弁護士事務所に痴漢というキーワードを添えて検索をする。思いのほか多くの名前が出てきた。

二日が経った。

篤志はまだ戻ってこない。依頼した弁護士によると、篤志は逮捕された当日の痴漢行為は認めたものの、被害者が訴える過去の行為は否認しており、勾留となったという。まだまだ調べることがあって当分帰れないらしい。

——認めた。それはやったということだろうか。

営業部でも不在が問題になっているようだ。体調はどうかと篤志のスマホに連絡しても返事がなく、困っていると。事故にでも遭ったのか、よほどの病気なのかと琴絵は訊ねられたが、入院まではいかないけれど仕事ができる状態ではなくて、と答える以外になかった。

いっそ自分も会社を休もうか。けれどつわりで何度も休みを取っていたので、同僚に迷惑がかかっていた。朝夕のラッシュを避けるために時短勤務もしていて、これ以上は申し訳ない。とはいえ仕事が手についていないのも事実だ。琴絵など来なくても同じ、そう思われていたらどうしようと、そっと周囲をうかがう。

誰も琴絵に注目しておらず、黙々と自身の仕事をこなしている。考えすぎか、と内心で息をついたが、ふいに、フロアの空気が一変した。背筋を伸ばした部員たちの間を、ヒールの足音が近づいてくる。

「琴絵さん、ちょっといいかしら」

声をかけてきたのは姑《しゅうとめ》の文子だ。専務室まで来てほしいという。経理部門の実質的なトップを担う文子だが、部課長を飛び越えて琴絵に仕事を頼むことはない。表情が柔らかいのは、先日持ちかけられた安産祈願の件だろうか。初孫とあって文子はずいぶん張り切っている。

先日も、篤志とふたりで暮らす名古屋駅近くのマンションまで、有機野菜やら和牛やらを山ほどかかえてやってきた。子供の性別がわかったら、すぐにでもベビー服を用意すると言ってもいた。

──この次の戌《いぬ》の日よ。七五三が終わったあとのほうが混んでいないし、天気がいいといいわね。腹帯の準備は済ませてあるから安心してね。昔は妊婦さんの実家が用意するものだったけれど、今はあまり気にしない人も多いの。ワタクシも気にしない。ほら弟の淳之介《じゅんのすけ》くん、今年受験生でしょ。晶子《しょうこ》さんに負担をおかけするのは申し訳ないじゃない。あー、いよいよワタクシもおばあちゃんねえ。そうそうこの間、少しはおばあちゃんらしくしようと思って、地味なお洋服も手に入れたのよ。あんまり似合わなかったけれど。というか服に引っぱられて老けこんじゃいそう。ねえ、ワタクシ、今のままでもいいかしら。派手なおばあちゃんって嫌がられると思う？

結局そのあと、おばあちゃんじゃなくてグランマと呼ばせよう、それなら派手でも違和感が少ないわよねという謎の結論に落ち着いたのだっけ。琴絵の実母は他界しており、晶子は継母だ。弟の受験のことも含めてその気遣いはありがたかったが、篤志は、自分が主導権を握りたいだけだろ、ひとりで舞いあがって騒いでと呆れていた。

おばあちゃんらしくなどと言っているが、文子はまだ六十三歳かそこらで、華やかな恰好がよく似合い、当然歳《とし》よりも若く見える。骨太の身体をジムやスイミングスクールで鍛えていて、健康には自信があるから孫はおろか、ひ孫の顔も見られるはずと笑っていた。

しっかりした肩幅の文子が、琴絵の前を堂々と歩いていく。安産祈願に出向く神社も、文子が決めてきた。けれどその祈願の日までに、篤志は帰ってくるのだろうか。

琴絵は文子に促されて専務室へと入った。重厚で大きなデスクと革のソファセット、木製のキャビネットというやや時代がかった設えだが、権威主義を気取っているのではなく、先代から受け継いだ品物を大切にしているためだ。

扉を閉めた途端に、文子の顔が険しくなった。

「篤志はどこにいるの?」

「え」

「今日含めて、三日もいないのね。連絡がつかないって営業部が言っているの。ワタクシ、毎日会社に来るわけじゃないから気づかなかった。訊かれてびっくりしちゃったわ。それとは別件で杉松《すぎまつ》建材からも、メールの返事がこないってワタクシに直接電話があった。杉松の社長はワタクシのゴルフ仲間で礼節に厳しい人なの。顔を潰《つぶ》されては困るわ。篤志はなにをやってるの。いえもちろん、本人に問いただすべきだってわかってる。でもワタクシの電話にも出ないし、ほとほと困っちゃって。いったいどうなってるの？」

最初はすぐに戻れると思っていた。文子には相談していないのだ。

「あの、実はその……」

琴絵が口ごもりながら、篤志は痴漢で逮捕されそのまま警察にいると話すと、文子は目を丸くし、次には細め、そして吊《つ》り上げた。

「呆れた。なにをやっているの。……本当に呆れた」

文子は片方の手を拳にして耳のすぐ上に置き、何度か軽く叩《たた》いた。そうしながらさほど広くはない専務室の壁に向かって歩いていき、止まってまた戻る。それを繰り返した。

「……はい。あたしも信じられなくて」

琴絵の言葉に文子は振り向いて、顔を覗きこむようにしてきた。

「呆れたというのはあなたにもよ。どうしてすぐ言わないの。なんの対処もしないの」

「し……してます。弁護士をお願いしました。その人が勾留されないよう働きかけてくれるって言ってたし、被害者の方との示談も。お義母《かあ》さんにお伝えしなかったのは、すぐ戻ってくると思ったからで」

「でも勾留されたし戻ってもいないんでしょ。示談のほうは進んでるの？」

「まだのようです……」

「仕事の段取りだってあるわよね。あの子は決裁権を持っているんだから、その代わりをする人が必要でしょ。指示はどうなってる？」

「あたしが指示するわけには」

「もちろんよ。だから言ってくれなきゃ困るって話。今からでも副部長と相談します」

「伝えるんですか、逮捕されたこと」

文子が目を剝《む》いた。

「まさか。社員には知らせません。ワタクシのほうでうまく段取ります。だけど当然、社長には報告。権限を割り振らなきゃいけないでしょ。そういうのをね、琴絵さん、あなた十年も勤めているのにわからなかった？　こんな重要なことを言わないままにするなんて」

繰り返される叱責に、琴絵は教師のまえに立つ生徒のような気分になった。三年前から不妊治療を受けているが、なかなか妊娠に至らない原因はどちらかというと琴絵側にあった。その気おくれも手伝って、琴絵は文子に頭があがらない。

「それで、本当に篤志はやったの？」

思いだしたようにようやく、文子が応接用のソファに座った。潜めた声で問う。

琴絵にも座るよう促してくるので向かいに腰かけた。

「認めないと釈放されないと思って認めたけど手が当たっただけ、篤志さんはそう言っていると弁護士さんに教えてもらいました。あの、家族はまだ会いにいけないらしくて」

「しぶしぶ認めたってこと？　釈放されるために？　じゃあなぜ帰ってこないのかしら」

文子は不審そうに首をひねっている。

「被害者の方は、二、三週間にもわたって篤志さんから痴漢を受けたと主張しているそうです。でもその痴漢は自分ではないと篤志さんは言っていて、そういうのもよくないのではと……」

「二、三週間にもわたってって……、そんなことって……」

文子がため息をつく。

「矛盾、してますよね。手が当たっただけと、二、三週間にもわたってとでは」

琴絵のほうは、ため息を呑みこんだ。最初は、篤志が痴漢を働いたなんて信じられないというショックばかりが頭にあったが、今は、警察や被害者がそこまで言うなら、間違いではないのかもしれないとも思い始めていた。もし本当に本当なら、なんてひどいことをするんだという嫌悪もまた湧いてきていた。日が経ったからこそ、そう思う。

「いくらあなたが妊娠中だからって。そんなに我慢の足りない子だったかしら」

文子の向けてきた目が、非難の色を帯びている。

それはあたしが悪いということなんですか。篤志さんを満足させていないとそう言いたいんですか。琴絵の喉元まで、問いの言葉がせり上がる。

と、文子は察したのかにっこりと笑った。

「あら誤解しないで。篤志はやっていないのかもって、そういう意味よ。だって被害者の子、二、三週間も痴漢のなすがままにされているなんて変でしょ。普通は声ぐらい上げるでしょうに」

ねえ、と同意を求めてくるので、琴絵もうなずかざるを得ない。

「それに琴絵さん、あなたは気づかなかったわけでしょ。篤志のそばにいて」

文子のその言葉も、琴絵に刺さった。自分でも自分を責めていたからだ。

「いえあの、篤志さんとは別々に出社していたんです。妊娠がわかってから安全のために満員電車を避けていたので……」

ラッシュ時の地下鉄は身動きができないほどの混雑になり、人に押されることもしばしばある。マタニティマークも目に留まりようがない。とはいえ安定期に入り、そろそろ篤志と同じ、元の時間の地下鉄に乗ってもいいのではと思ってはいた。だが楽なのでつい、そのままだった。自分ががんばっていれば篤志も痴漢をしようなどと――いや、痴漢に間違われたりなどしなかったのではないだろうか。おなかの子のために。安全のために。そんな言い訳をしながら、この子に悪いことをしてしまった。

父親が逮捕されるだなんて。

「そう……。それは仕方ないわよね」

と言って考えこむ文子が、琴絵のおなかに視線を向けた。なにか子供に関することを言いだすのだろうかと、琴絵の鼓動が速くなる。

懐妊を報告して以降、文子はさまざまに先走っている。安産祈願の神社だけではない。問題があったらいけないでしょうと、新型出生前診断――母親の血液から胎児の染色体異常を調べる検査――の予約も相談なしに取った。子供を乗せるから余裕のあるミニバンに代えようと思ってと、新車まで購入した。ちょうど車検の時期だったからと言っていたが、あとでメーカーのサイトを見たら七百万円を超える最上級モデルだったので、琴絵は仰天した。子供を乗せるからもなにも、同居していないのに。

もしかしたら文子は子供の誕生を機に、東区白壁《しらかべ》にある篤志の実家に呼び寄せるつもりかもしれない。白壁は名古屋屈指のお屋敷街だが、それだけに周囲とのつきあいがめんどうなのではと、琴絵は不安に思っている。今住んでいるマンションも服装などを見るとハイクラスな住人が多いが、近所づきあいはないに等しい。今の生活のほうがあきらかに楽だ。

「琴絵さん、弁護士はどうやって選んだの？」

文子が訊ねてくる。

「ネットです」

子供のことじゃなかったか、とほっとしながら答えると、文子に怪訝《けげん》な目を向けられた。

「実績のある人なの？　篤志が出てこられないのはその人に力がないからじゃない？」

「痴漢の事案に詳しいって、事務所のサイトに載っていたんです」

「調べます。本当に力のある人に頼みましょう。早く篤志を釈放してもらわないと、会社に影響が出てしまう。ワタクシに任せて。顔は広いんだから」

「でもあまり人に知られては、噂が……」

馬鹿ね、と文子が笑った。

「そういう事件で捕まった人、ゼロじゃないのよ。口は堅いわ」

4

改めて一からお話をさせてください、と川端《かわばた》と名乗る弁護士が名刺を差しだしてきたのは、紗季が被害に遭った翌々日の夜のことだ。

連絡はそれよりもまえ、夕刻に入っていた。博正にも急遽《きゅうきょ》、帰ってきてもらう。

「本来なら高奈氏本人が謝るべきところですが、まだ出てこられませんので私で許してください」

夏川家のリビングで向きあった川端は、頭をダイニングテーブルにこすりつけんばかりに下げてきた。

三十秒。一分。黙禱《もくとう》でもあるまいし、ちょっと芝居がかってるんじゃない、と美夏は斜に構えて見ていた。二分近く経っても川端はそのままのポーズでいる。どうしたものか、と隣にいる博正と目で語りあう。

「頭を上げてください。……あ、いえ、そのままだと話ができないのでという意味です」

博正の言葉に、川端は姿勢を戻して柔らかく笑った。

「はい。お話を進めさせていただければありがたいです。このままでは命がひとつ、失われてしまうかもしれません。それは絶対に避けなければと思っているんです」

「なにを言っているんですか？」

美夏の言葉が尖る。痴漢が——高奈篤志が留置場で自殺を図るとでも言うのだろうか。

高奈の名前は新聞にもネットニュースにも出ていない。紗季が遭った痴漢の記事自体、載っていない。紗季も美夏も騒ぎにされるのを望まないし、同じM女学院の一学年下に通う麻衣も、痴漢を捕まえた子がいるという噂は校内で立っていないと言っていた。

ただ高奈は、それなりに社会的地位のある人物だった。父親が社長を務める高奈物産の御曹司だ。広告代理店に勤める博正は、うちの会社とも取引があると眉をひそめていた。

痴漢行為が世間に知られてしまったらと、そんなふうに怯えているのだろうか。知ったことじゃない、と美夏は思う。自分が痴漢を働いたのが悪いのではないか。やったことの代償をきっちり支払うがいい。美夏たちが被害を世に向けて言い立てないのは、紗季を世間に晒したくないからだ。

こほん、と川端が咳払いをする。

「もしかして最初の弁護士は伝えていませんでしたか？　実は高奈氏の妻は妊娠中

なんです」

博正から「え」という声が漏れる。

「彼女は夫の逮捕にショックを受けて倒れてしまって……。いえもちろん、その事情は夏川さんには関係のないことだと承知しています。ただ、ご結婚して……何年だったかな、やっと授かったお子さんだとうかがっています。しかも――」

「待ってください。その妻の妊娠中に不埒《ふらち》なことをしたのは高奈さんですよね」

美夏は話の腰を折る。博正は動揺しているようだ。博正はどちらかというと押しに弱くて、柔和な性格だ。そういったところが紗季に引き継がれたのだろう。これ以上博正に聞かせてはいけない、自分も聞いてはいけない。が、川端は早口で続けた。

「ええですから、夏川さんがその事情を汲《く》む必要はまったくないわけです。本来であれば、知りあうこともない相手なんですから。ただ辛い治療を何度も何度も受けられていたのだと高奈氏から聞かされまして、私としてもこれは早く解決に導くお手伝いをと」

「だからうちの子の被害に目を瞑《つぶ》れと、そうおっしゃりたいんですか」

美夏は怒りの声を出すが、博正は落ち着けとばかりに腕を押さえてくる。

「とんでもありません。こちらの勝手な事情です。けれど事実は事実なんです。お伝えしないままだと、万が一、万が一ですよ、そういうことになってしまって、あとでお知りになってショックを受けてしまうかもしれないでしょ。それは私、申し訳ないんです」

「だとしても……、そうだ、あの男は、高奈本人はどう言ってるんですか。罪を認めているんですか。うちの子にどう謝ってくれるんですか」

「もちろん誠心誠意、心よりお詫《わ》びをと申しております。警察から戻ってきましたらその足でお嬢さんにと……、あ、ただ……」

「ただ？」

「会っていただけますでしょうか、お嬢さん」

美夏はまた、博正と目を見かわす。

「事件の解決前の接触は、被害者と加害者という立場ですから、もちろんできません。すべてが解決したあとでお詫びにうかがいたいと提案しても、会いたくないと答える方は多くおられます。お嬢さんのお気持ちが乱されないことを第一にと、それは加害者側の弁護士という立場を離れて、肝に銘じております」

川端がまた、静かに頭を下げる。

美夏は、犯人は当然謝罪すべきと思っていた。紗季を傷つけた以上、逃げたりごまかしたりするなど許せない。けれど会えば被害を思いだすだろう。そうなれば紗季はより深く傷つく。

「ですので、そのお嬢さんの身体や心に苦痛を与えてしまったことへのお詫び、加害者からの謝りたいという気持ちを表すものが、損害賠償金、いわゆる示談金なんです」

示談、とその言葉が美夏の気持ちに障る。加害を隠すための手段にしか聞こえないのだ。

「それでお嬢さん、今日はまだお帰りではないんでしょうか」

川端がリビングの扉にちらりと目をやりながら訊ねてくる。

「塾です。昨日の弁護士さんとは顔を合わせましたが、続けて今日もいらっしゃるとは思いませんで」

美夏は嫌みを混ぜる。昨日の男も謝りたいというので会ったが、紗季への気遣いも早々に示談の話をはじめた。その気になったらこちらから連絡すると言ったのに、人を変えて再度アプローチをしてくるとは。

「その方にもお話ししましたが、娘はまだ動揺しています。それをそちらさまの都合で、早く示談をと言われましても。今後はこちらから、ご連絡いたします。それまでお待ちください」

「わかりました。お嬢さんにも先ほどの示談のお話、訊いてみていただけますか。

ませんので」

このまま高奈氏が裁判にかけられることになると、お嬢さんのご負担にもなりかね

川端は再び一礼をしたあと、立ち上がった。美夏も川端を追って玄関へと向かう。見送るというより、さっさと出ていくよう追い立てるためだ。本当は家にも入れたくなかったが、外で弁護士と会っているのを誰かに見られて、変な噂を立てられても困る。

川端は靴を履いたあと、そういえば、と言って振り向いた。含羞《がんしゅう》を帯びた笑顔になっている。

「奥さまはもしかして、君津《きみつ》美夏さんじゃないですか？　モデルの」

「……ええっと」

美夏は作り笑いを浮かべる。

「やっぱりそうですよね。私、ファンだったんですよ。姉がおりまして、『プシュ

ーケ』でしたっけ、女性ファッション誌。毎号買ってたんですよ。私もこっそり読んでいて、きれいな女の子だなって、大学生になったらこんなガールフレンドがほしいなって。いやあ、今感動しています」

「大昔の話ですから」

「そんな、ついこの間じゃないですか。もうモデルはなさらないのですか？　名古

屋でもお仕事はじゅうぶんありますよね」

川端の声が高くなる。ここ最近はやっと気づかれなくなったのに、と美夏は苛立《いらだ》つ。

「ただの学生あがりの、若さでやっていただけの仕事です。今は家族を守ることが仕事なんです。本当にそろそろ、こちらにも用がありますので」

川端の目にわずかな戸惑いが混じる。ではまた、と何度目かの頭を下げてそそくさと玄関を出ていった。

玄関のそばの壁に設えた鏡に、美夏は自分の顔を映してみた。怖い顔になっている。

リビングに戻ると、博正がからかうような笑いを浮かべていた。

「ご機嫌取りのつもりだったんだよ。美夏のモデル時代の話」

「だとしたら人生勉強が足りない。この人、わたしより年下だって言ってるようなものじゃない」

美夏は川端が置いていった名刺を爪で弾《はじ》く。そういえば弁護士が変わった理由を訊きそこねた。詳しく訊く気もないけれど、と美夏は浮かんだ疑問を頭の隅に追いやる。

「そんな理由でむかついたの？」

「違う。そのご機嫌取りがむかついたの。わたしは大企業勤務だった現役時代を自慢するおじさんじゃない。過去をくすぐって人を気持ちよくさせようと思ってるのが見え見え」

「それ、おじさんへの偏見だよ。でも自慢してもいいと思うけどなー。美夏は今も変わらずきれいなんだし」

「モデルだけならいいけど、俳優に進出したあとで失敗した映画がセットで出てくるから嫌。身の丈に合わないことはすべきじゃなかったの。なによりわたしは黒子《くろこ》に徹したい。でなきゃ紗季が親の七光扱いになっちゃうじゃない。大物の七光なら話題になるけど、中途半端な元モデルじゃ、いないほうがずっといい」

やれやれ、とばかりに博正が肩をすくめた。

「紗季の将来か。本人がどう思ってるかはわからないよ。来年は大学受験だし」

「……たしかにそろそろ期限がくるね」

紗季は、美夏が元モデルで博正が広告代理店勤務ということもあり、赤ちゃんモデルをしていた。おとなしく、泣かず、天使のような笑顔だと評判だった。博正が親の病気を機に東京の代理店を辞めて名古屋の代理店に転職したのは、紗季が二歳のときだ。こちらに来てもＣＭなどに出て仕事を続けていたが、小学二年生のときだったか、突然、紗季は反発し、もうやりたくないと言った。

反発の理由はいまだにはっきりしない。紗季はモデル以外にも、地元テレビ局制作のドラマで子役に起用されていた。それを嫉妬したクラスメイトから子供っぽいからかいを受けたのではないかと、美夏は思っている。おとなしい紗季が撮影現場でストライキを起こしたのだ。よほどのことがあったのだろう。以来、人前に顔を出す仕事はしていない。

それでも紗季は、ピアノやボイストレーニング、ダンスと、美夏の勧める習い事を続けていた。今日も、説明を求められたくなくて塾と答えたが、やっているのはピアノのレッスンだ。紗季はそういった芸事に向いている。やったことは必ず自分に返ってくるからと美夏が励ますと、素直に努力を重ねていた。どの先生からも、センスがいいと太鼓判を押されている。身長が思うように伸びないのでモデルは無理かもしれないが、美夏が果たせなかった俳優の道は、気持ちの細やかな紗季に向いている。子役時代も演技を褒められていた。

美夏が、紗季にもう一度芸能の道にトライしてみないかと、将来について話をしたのは中学のときだ。紗季は、高校を卒業するまでに考える、それまでの間にやりたいことが見つかるかもしれないし、と言った。

やりたいことを見つけたという話は聞いていない。

「紗季の考えが優先だよ」

博正がなだめるように言う。

「もちろんそのつもりよ。大学選びも含めてね」

「うん。しかし裁判か。紗季は出廷することになるんだよな。ドラマなんかで、被告や傍聴人から顔が見えないよう衝立《ついたて》みたいなのでガードしてるのを見たことがあるけど、実際にもやってくれるのかな。被害の内容について答える必要はあるだろうし。……そろそろ落としどころを見つけたほうがいいかもしれないな」

博正の言葉に、美夏は眉をひそめた。

「泣き寝入りしろってこと？　さっき、紗季の考えを優先って言ったばかりじゃない。今回のことも同じでしょ」

「示談に応じるのは、泣き寝入りとは違うだろ。紗季の負担にならないようにってだけだ。ただでさえ自己主張の苦手な紗季が、裁判だのなんだのに耐えられると思うか？」

「でも友達と一緒だったとはいえ、紗季が自分で捕まえたのよ。あの子、自分は来年には成人だって言ってた。紗季が痴漢に罰を与えたいと思うなら、わたしたちはバックアップをしなきゃ。それに高奈って痴漢、伏見駅で紗季を待ち伏せしてたって聞いたから、うちと同じように乗り換えの人かと思ったら、違うの。住まいは名古屋駅の近くらしいのよ。わざわざ一駅先の伏見で降りて、網を張ってたわけ。卑怯でしょ」

「……それは、乗り換えの時間を遅らせて待っているのと同じじゃないのか？」

博正が不思議そうに首をひねる。

「全然違う！　一駅だけ乗って、すぐに降りる人なんて普通いる？　つまり地下鉄に乗る目的は、通勤じゃなくて痴漢！」

「そういうものかな」

博正があいまいにうなずく。

「さっきの弁護士も弁護士。紗季の気持ちを人質に取って」

「たしかに押しつけがましかったよな」

「しかも妻が妊娠中？　だからなに？　流産したらこっちのせいだっていうの？　妊娠だって本当かどうかわかりゃしない」

あの男はうさんくさい、やたらと芝居がかっている、と美夏は思う。いくら短い経験とはいえ、演技の現場に立ったことのある自分にはわかるのだ。

5

篤志の仕事は副部長が代行する。メールも、篤志が戻るまでの間は、彼に転送して抜かりのないようにしておく。ただし決裁は社長が行う。文子が営業部にも情報システム部にも連絡を入れて、あっさりと篤志不在の体制ができあがった。

理由は体調不良のままだ。ストレスのせいか、めまいと頭痛が続くので入院して精密検査を受けることになったと説明したという。戻ってきたら、前置きどおり原因はストレスだったと言うこと、と琴絵も念を押された。

おなかの子のためにもあなたがしっかりしてね、と文子に言われたが、なにをどうしっかりすればいいのか、琴絵は惑っている。

篤志の仕事は代替えが利いた。仕事は案外なんとかなるものなのだ。琴絵の仕事など、さらに簡単に代わりが見つかるだろう。

ではしっかりと、どうしよう。子供が無事に生まれるよう、規則正しくストレスのない生活を送ればいいのだろうか。でもこの状態で、ストレスを感じないなんて無理だ。

いくら仕事はなんとかなっても、篤志はまだ戻らないのに。

「――そういうわけでですね、ご担当の医師に、流産の可能性があるという診断書を貰《もら》っていただきたいんです」

スピーカーモードにしたスマホの向こうで、弁護士の川端がはきはきと言う。琴絵ひとりしかいないマンションの部屋だが、ついボリュームを下げてしまう。

タワーマンションというほどの高さもないが、部屋は最上階にあり、窓から煌《きら》びやかな夜景が見えていた。リビングに置かれたコレクションボードにその灯《あか》りが映っている。あの灯りの向こうに、自分と同じ思いを抱えている人はいるのだろうか。夫が捕まり、いつ家に帰ってくるかわからず、弁護士に道理に合わない要求をされている人は。

夕方、仕事を終えた琴絵がマンションに戻ってきたら、川端がエントランスの外で帰宅を待ち受けていた。これからは私にお任せください、一刻も早く高奈篤志さんをご自宅にお返ししますと名刺を出してくる。彼が文子の頼んだ弁護士のようだ。思ったより若い、と感じたことを覚えている。今からすぐに相手方と交渉してきますと、挨拶もそこそこに駆けだしていった。

そして今、電話で、痴漢の被害者、夏川紗季の保護者との会談内容を伝えてきた。本人は塾に行っていて不在だったそうだ。

「流産って……。今のところなんともないですよ。検査の数値も安定していると言われたばかりです。おなかの張りも妙な痛みもないし」

シャワーを浴びてセルフマッサージをして、ストレスを和らげるために動物ドキュメンタリーのＤＶＤを観ていた。身体を揺らしながら列になって歩くペンギンに、やっと癒されたところだ。なのに現実は放してくれない。しかも診断書だなんて、そんな内容を書いてくれるはずがない。無茶だ。

「ですが何度か流産されているんですよね。……すみません、これはご依頼の際に文子さまからうかがったのですが」

「義母《はは》が？」

琴絵の声が尖る。他人にそんなことを話すなんて。

その気持ちが伝わったのだろう、川端が即座に、「いえ」と否定した。

「こちらが無理やり聞きだしたのです。ご不快な思いをさせて申し訳ありません。けれど、これはいわば戦争なのですよ。さまざまな材料を集めて、篤志さまを有利に導くのが私の使命であり、そうしないと篤志さまがお家《うち》に戻れません。示談、そして不起訴に持っていくためにはどんなことでもしなくては。琴絵さまもその覚悟を持ってください。今申したのと同じように、文子さまにもご協力をとお願いした次第です。もちろん相手方のことも徹底的に調べます」

「だけど、騙《だま》すようなものじゃないですか」

「可能性ですから騙してはいませんよ。過去の治療の経緯を書いていただくのでもかまいません。実際、流産の可能性があることを伝えたところ、あちらの父親の顔色が変わりました」

「……母親は？」

「そちらは焦りながらも、娘には関係ないでしょ、とでも言いたそうな表情でしたが。だからこその診断書です。事実を突きつけましょう」

だからこそもなにも、それは事実じゃない。

川端は、こう見えても何件もの性犯罪案件を処理してきたベテランなので大船に乗ったつもりでいてくださいと豪語していた。そういった自信を見せつける態度に、つまりはもみ消してきたってことじゃない、と琴絵は本能的な不快感を覚える。文子は誰から紹介されたのか、口が堅いとか捕まった人はゼロじゃないとか言っていたが、もみ消させた人間が知人にいるということだ。

それでも篤志に帰ってきてもらうためには、この男に頼るしかない。

「あたしが流産したのは妊娠初期です。初期での流産はそんなに珍しくないし、今は安定期に入ってるから一緒にすることはできません。母親なら、それ、わかりますよ。工作のにおいがしてかえってよくないのでは」

「けれど妊娠に絶対はないでしょう? ご病気とは少し違いますが、気を遣って生活をしなくてはいけませんよね。そこは伝えるべきです。向こうだって万が一のことがあったら、嫌じゃないですか」

万が一という言葉に、琴絵はぎょっとする。たしかにないとはいえないのだ。実母が交通事故で他界したあと、琴絵が中学生になったころに再婚した継母の晶子は、弟の淳之介を妊娠したときに切迫流産でしばらく入院していた。晶子は当時も今も元気な人だし、淳之介も健康に育ったが、それでも、だ。あれはおなかが少し目立ってきたころだったから、今の琴絵と同じか少しあとぐらいの月数だったのではないか。

「……わかりました。お医者さんに相談してみます」

「お願いします。理由を訊かれたら、会社で必要だなどとおっしゃってください」

川端が、また嘘を提案してくる。利用できるものはなんでも利用する人なんだ、と琴絵は呆れる。妊娠は病気とは違うと言ったが、病気だろうと怪我だろうと、ありとあらゆるものを交渉の手段にするのだろう。

琴絵はため息をついた。そしてずっと引っかかっていた疑問を口にする。

「川端先生、夫は本当になにもしていないのですか？　手が当たっただけと聞きましたが、なにもやっていないなら、なぜ示談が必要なんですか」

「逮捕当日の件については認めています。それは最初の弁護士さんからも聞いていますよね。まあ、証拠を出されて認めざるを得なかったわけですが」

「証拠が……」

そこまでは聞いていなかった。琴絵の声が小さくなる。

「手に相手の人の服の繊維が付着したとか、そういうケースがあるってネットで見たんですけど、ついてたんですか？」

「ああいうのは当たっただけでもつきますし、主観の問題もあるでしょう。当たっただけでも触られたと感じる人もいる。男性よりも被害に遭う可能性の高い女性のほうが敏感なのでは。そう思われませんか？」

それは、と琴絵はひとりうなずく。自分も、当たっただけでも痴漢ではないかと身構えてしまう。

「被害者は何度か痴漢に遭っているとのことです。友人に協力してもらって捕まえようとしたそうで。そんなときに篤志さまと遭遇して、この人が今までも含めてすべての犯人だ、と思いこんだんでしょう。そうなると、些細《ささい》なことでもことさらに大きくとらえますよね。以前のできごとについても争っています。だからこそ示談をして、被害者は許しているのだと検察に訴えなくては」

わかりました、どうぞよろしくお願いします、とソファテーブルに置いたスマホに、琴絵は一礼をして電話を終えた。スリープモードにしていたDVDを再開し、ペンギンの列に目を向ける。

よたよたと歩くペンギンが、妊婦に見えてきた。琴絵は自分自身のように思えて、電話を受けるまえのゆったりとした気分に戻れない。

本当に、篤志はやっていないんだろうか。いや、手が当たっただけというのは本当なんだろうか。その日だけたまたま篤志だったなんて、ありえることなんだろうか。

わからない。でも篤志が痴漢をするような人だとは思えない。

篤志は子供が順調に育っていることを嬉《うれ》しがっていた。こんどこそはと、誕生を楽しみに待っている。そんなときに、汚《けが》れた行為に手を染めるだろうか。

職場での篤志は仕事熱心で、妻の欲目を除いても、優秀なほうだろう。今までに多くの契約をまとめてきた。女にもだらしない人ではないと思う。彼に誘われたのは、一緒に仕事をはじめて一年以上経ってからだ。まず食事に、次は映画に、さらに水族館でのデートと、交際の進み方もゆっくりだった。身体の関係ができるまでに数ヵ月もあった。琴絵の気持ちをたしかめたあとで、優しく抱いてくれた。馴染んでからはたまに、一方的なこともあるけれど、基本、紳士的な人なのだ。

それがなぜ、こんなことに。

テレビ画面のなか、黒と白のペンギンの列に、もこもこした灰茶色が交じった。身体は大きいが、産毛で覆われた子供のペンギンだ。懸命に親の姿を追いかけている。

親の姿を。

琴絵はおなかに手を当てる。この子には知られないようにしなくてはいけない。

なんとか示談に持っていってもらって、少しでも早い解決を。

子供は親の姿を見て育つのだから。

翌日、出社すると、経理部の部長が琴絵のようすをじっと見ていた。なにかミスでもしただろうかと、鞄《かばん》も置かずに部長のデスクに近づく。部長は顔と手を同時に横に振って、なんでもないとジェスチャーで示す。琴絵が話しかけるまえに、席を立って廊下に向かっていった。

視線を感じて振り向くと、別の部員がこちらをうかがっていた。目を合わせるも、すぐに逸《そ》らされる。

嫌な予感がした。

6

同じ朝のことだ。

祥平が死んでから二週間あまり、恵理子は家に籠《こも》りがちになっている。外に出るのは買い物のときぐらいだ。

先日やってきた俊介は、盗撮の映像を調べるために祥平のノートパソコンを持っていってそのまま処分すると言った。パソコンにはほかの写真も入っている。祥平の大学時代の写真、職場での写真、就職してから趣味でやっていた草野球クラブの写真、そして家族の写真があった。家を出た俊介の姿はほんの数枚にすぎず、家族写真は亡き夫と恵理子がほとんどだ。処分しないでくれ、そばに置いておきたいと頼んだ。家にはほかにパソコンがないし、自分が譲り受けると。

じゃあ盗撮の映像はコピーして持っていくよと、俊介は言った。児童ポルノだと持ってるだけでも罪になるんだよな、と嫌そうに顔をしかめていたが、機械やデータ関係に強い俊介のことだ、社員寮の仲間に気づかれることはないだろう。

俊介は、祥平が契約していたネット上のサービスを次々に解約した。祥平が生きていた痕跡が消えていくみたい、と恵理子は文句を言ったが、母さんは音楽もドラマや映画の配信も見ないだろ、と俊介はあっさりしたものだ。たしかにそうだけど、どこか嫌なのだ。

だから祥平のSNSの消去には抵抗した。祥平はTwitterとInstagramを利用していた。恵理子とやりとりをしていたLINEはスマホでしか使っていなかったためもう見られないが、このふたつのSNSはパソコンに同期があった。祥平が生きていた記録だ、残しておいてくれ、と恵理子は俊介に懇願した。俊介は内容を簡単にチェックしたあと、どちらも無料だからいいか、と言った。めんどうに巻き込まれるといけないから新たな発言はしないようにと、禁止事項を中心に扱い方を教えてくれた。

俊介が許可しただけあって、どちらのSNSも無難な投稿ばかりだった。アカウント名は祥平の名前ではなく、「夜見ヨミ黄泉」というよくわからないものだ。俊介によると以前はやったゲームのキャラクターが由来らしい。Instagramは食べ物に関する記録が中心で、Twitterは日常の記録だった。暑いとか疲れたなどの気分と、ドラマやゲーム、音楽の感想をつぶやいている。考察や論評ではなく、面白い、怖い、誰がかわいい、その程度のものだ。祥平がかわいいと評する女性も、誰もが知るアイドルや俳優ばかり。ロリコンやAV好きといった、恵理子が極端だと感じる投稿はない。

やっぱり祥平が痴漢だなんて間違いじゃないのか。恵理子はまたその思いに立ち戻る。SNSから察する姿も、ごく普通の青年ではないか。毎日接していた自分が一番よく知っている。盗撮の記録はたしかにあったが、あれは本当に祥平が撮ったのだろうか。たとえば誰かから預かったということはないんだろうか。その人が自分のパソコンに置いておきたくなくて、鍵のかかったフォルダーごと、祥平に持っていてもらったとか。その人がいずれ接触してくるかもしれない。……その可能性に気づいて俊介に電話したところ、一笑に付されはしたが。

祥平がフォローしていたのは、ほとんどがドラマや有名人などの公式アカウントだった。だがそれらの感想の投稿を機に知りあったと思《おぼ》しき人もいて、相手からもフォローされていた。ブラウザを眺めると、その人たちのとりとめのないつぶやきや会話が続いていた。祥平にお悔やみの声はかけられていないので、職場の同僚や草野球クラブの仲間といったリアルな知りあいとはつながっていないのだろう。なるほど祥平にはこういう知人がネットのなかにいたのかと、恵理子は興味を持った。その相手がフォローしている先も覗きにいった。

そうやって、恵理子は祥平のSNSにはまっていった。

Instagramはさほど楽しくなかった。美味《おい》しそうに撮られた写真でも、ファミレス勤務の経験を持つ恵理子が見ると、食材や原価といった裏側がわかってしまう。なにより他人の食べているものや着ている服には興味を持てなかった。

一方、Twitterは、画面を読みこみ直すと新たな話題が流れてくるので面白みがあった。文字で見るラジオ番組のようだ。話の上手い人もいれば下手な人もいる。恵理子は俊介から教わった禁止事項以外の使い方を少しずつ覚えていった。祥平のフォローしている人が誰かと交わす会話が知りたくて、その相手をフォローしてもみた。おすすめに現れた興味のある人もフォローに加えた。そうやっているうちに、祥平のアカウントだか祥平の皮を被《かぶ》った恵理子のアカウントだかわからなくなった。

それでも、俊介の注意を守って発言はしていなかった。だから祥平の最後の発言は、死んだ前日に放映されたドラマの感想だ。「きょんちゃん、まじ神、ラストシーンの表情最高！　ハート打ちぬかれる〜」という、出演したアイドル俳優のかわいさを褒めるだけのものだ。

朝食を終えた恵理子は、今日もノートパソコンのトップカバーを開く。淹《い》れたてのお茶を片手に、Twitterを眺める。

祥平がフォローした相手か恵理子がした相手かわからないが、あるアカウントが地下鉄のホームで撮った動画をリツイート――誰かの発言を広める形でTwitterに流していた。

――ニュースにはなっていませんが、二日前の朝八時台のはじめごろ、地下鉄東山線栄駅にて男が痴漢で捕まりました。被害者が友人とともに確保したのです。痴漢行為には多くの人が苦しんでいます。被害者の方、恐れず声を上げましょう。目撃した方、被害者にご協力ください。STOP痴漢！　勇気を持って！

そんな言葉を添えられた動画のなかで、ひとりの男性が駅員らしき男性ほか、男女数人に引っ立てられていた。といっても、顔周りはぼやけていてよくわからない。

人の特定ができないよう加工しております、そのため事件から投稿までに時間がかかりました。という発言が、次のツイートに続いている。

さらにその下に、捏造《ねつぞう》じゃないのか、フェイク動画ではないのか、というリプライ――返信がつけられていた。一方で、自分もそれを目撃しましたという発言もあった。そこにまた、金目当てでの痴漢被害の言い立て、冤罪ではないのかという意見がつく。

動画つきの発言は、昨夜の十時ごろに投稿されていた。発言者は、性被害をなくしたいと訴えている人物のようだ。ほかに、営業相手から受けたセクハラや卑猥《ひわい》な声かけについてあれこれ書いている。女性活動家のツイートも引用ツイート――引用して自らの意見を発言する形で紹介しているが、必ずしも女性の味方ばかりしているわけではなく、男性に対するハラスメントや生きづらさ、LGBTQ+の話題にも触れている。

SNS特有の渾沌《こんとん》にはじめて触れた恵理子だが、それより大きな衝撃を受けたのは、動画そのものだ。

男性を引っ立てているひとりと、うしろからついていく女子高生の制服は、M女学院のものだった。祥平の事故からこの動画が撮られたという日まで二週間弱。そんなに短い間に、同じ学校の生徒が同じ路線で痴漢に遭うものだろうか。

恵理子は何度も動画を再生した。

もしかしたら祥平のときの犯人も、この男じゃないだろうか。祥平は間違えられただけ。真犯人が捕まえられた瞬間を、今、自分は目にしているのではないか。いや、もしかしたらリプライにもあるように、ふたり映っている女子高生のどちらか、または両方が、祥平をお金目当てで嵌《は》めようとしたのでは。

祥平はここに映っている人たちのせいで、殺されてしまった――

胸の奥にある、芯のようなものがどんどんと熱くなっていく。恵理子の額《ひたい》に汗がにじんだのは、飲んでいたお茶のせいだけではない。

恵理子は、動画を流した発言者にダイレクトメッセージを送った。男性や女子高生の顔がわかる元の動画を送ってくれないかと。お礼の代わりに発言をリツイートする。

しばらく待ったが、返事は来なかった。

「人が訊ねているっていうのに、失礼ね」

恵理子は腹立たしくなってリツイートを取り消す。取り消すときに気づいたが、わずかなフォロワーしかいない祥平のアカウントだというのに、誰かがさらにそこからリツイートをしていた。

ほどなく、別のフォロー相手が引用ツイートの形で発言をして、恵理子の眺めている画面に同じ動画がまた現れた。Twitterとはすごいツールなのだなと、恵理子はパソコンを見つめた。

くだんの発言は、またたくまに広がっていった。

7

琴絵にTwitterの動画を教えてくれたのは、営業部にいたころに仲の良かった同僚だった。経理部のフロアまでやってきて、廊下に誘ってくる。

「このスーツとネクタイ、部長が好きでよく取り合わせてるって岡田《おかだ》くんが気づいて」

岡田は営業部に勤務する後輩だ。篤志になついている、というよりやたら持ちあげてくる太鼓持ちのようなキャラクターだ。それだけによく観察しているのだろう。

動画は、顔こそ丁寧にぼかされていたが、ほかのピントは合っていた。胸元が映されたためネクタイの柄がはっきりとわかる。ルイ・ヴィトンだ。それに気づいた誰かが、上級国民地に落ちる、と揶揄《やゆ》のリプライを入れていた。

「違うよ。彼のはもう少し明るい青だし」

「そうだったっけ？」

と訊ねながらも、同僚は探るような目で見てくる。岡田やほかの人から訊きだすよう頼まれているのだと、琴絵は感じた。

「違うから。岡田くんにもそう伝えて」

嘘だと見透かされたらどうしよう、そう思いながら琴絵は同僚の目を見つめる。

ここで目を伏せたら怪しまれる、とおなかに力を籠《こ》めた。

なにかが、うごめいたように感じた。

「わかった。部長、早くよくなるといいね。お大事に」

くるりと身をひるがえした同僚の背中は、琴絵の言葉を信じているのかどうか、まるでうかがえない。

たぶん信じていない。ため息をつきながら、琴絵はおなかに手をやる。

今のが胎動なのだろうか。自分の不安が子供に伝わったのだろうか。この子には、幸せな夢を見ていてほしいのに。

このままでは社員に篤志のことがバレる。すでに半分バレている。

どうすれば、と頭をめぐらせていたところ、川端からスマホに電話が入った。

「落ち着いて聞いてください」という呼びかけで、彼も気づいたのだと悟った。

「昨夜、Twitterに投稿された動画に、篤志さまらしき人物が映っていました。ご本人ですか？」

琴絵は廊下の片隅、壁際に身を寄せた。「はい」と小さく答える。

「話題になっていると、同僚が教えてくれました。あたしも、今、知ったばっかりで、こちらからも川端先生にお電話しようかと」

「篤志さまだと、誰が見てもわかる部分はありましたか?」

「いえ。というか、はい、なのかも。服が……。動画と同じスーツとネクタイの組み合わせを何度か着ていました。彼が休みはじめた日と、映された日も一致してます」

篤志が体調不良だと告げたときの自分の説明もあいまいだった、と琴絵は内省する。

「ヴィトンでしたね。でもいくら高価でも既製品です。他人だと言って、決して認めないようにしてください」

「はい。あの、この動画、万単位で拡散されてますよね。対処することは……」

「消してもらうように、相手にメッセージを入れます」

「すぐにでもお願いします」

つい声が大きくなってしまって、琴絵はあたりを見回し、身を縮めた。

「もちろんです。ただ、背景の乗客も含めてきれいに顔周りが消されて、人物の特定ができないようにされています。この発言者、名誉毀損《きそん》や肖像権の侵害を言い立てられないようにしてますね。一定の知識を持っているようです」

「それじゃあ……」

「でも服装で本人とわかってはボカシの意味はない。あなたは消したつもりだろうが周囲の人にわかってしまった、と言い添えるつもりです。弁護士だと名乗って裁判をちらつかせればだいじょうぶでしょう」

「……知識があるなら、発言者も弁護士さんかもしれませんよね」

「ほかの投稿内容から見てそこまでのにおいはしませんが……、まあ、やってみます。無視されるようなら、発信者情報開示請求をかけて発言者を割り出します。その場合、即座に消えるわけではないのですが」

「お願いします」

　スマホを耳に当てたまま、琴絵は頭を下げる。

　事件から二日経っての動画投稿に、誰の顔もわからないようにされたボカシの処理、動画に添えられた冷静な文章など、投稿者の目的は注意喚起と啓発だろうと琴絵は思う。センセーショナルな話題で注目を集めたいわけではなさそうだ。それだけが目的であれば、間を置かずに投稿するだろう。

　琴絵も同じ路線を利用している。自分も警戒しようと思うし、周囲の乗客から異変を感じれば手助けしてあげようという気持ちになる。そんな内容なのだ。

動画に映っているのが、篤志でなければ。

卑怯な要求をしているような気がした。だけど篤志だとわからないようにしないと、自分もおなかの子も大きな影響を受けてしまう。

「ではさっそく動きますので……あっ！」

川端の大きな声が、琴絵の耳を刺す。

「今、今、Twitterの画面を見ること、できますか？　動画にレスがついているんですが、それがちょっと……まず見てください」

慌てた川端のようすに、通話はそのままでアプリを切り替える。くだんの投稿にはさまざまなレスポンスがあったが、投稿されてすぐのものに名刺の写真が載っていた。

篤志の名刺だ。営業部部長、とあるから最新のものだ。靴底らしき汚れがついている。

――それ自分も目撃した。こいつがその痴漢。

書かれている言葉に、琴絵の息が止まりそうになる。激しくなった鼓動が、自らの耳に聞こえる。おなかに悪い、落ち着いて、深呼吸をして、と心で繰り返すが、息が整わない。冷静になろうとするも、いっそう息が上がってくる。

その発言に誰かがリプライを入れていた。

――まじ？　なんで名刺？

――逃げられないようにかＪＫ《女子高生》が鞄取りあげて、取り戻そうとする男と奪い合ってて、鞄の中ぶちまけられてた。そのあと名刺入れも取りあげて、また奪い合って、中身が飛んだ。で、一枚落ちてたのをパシャリ。本人のものなのか確証ないからＵＰしなかったんだけど、会社のサイトにある写真見て、本人特定。

名刺の投稿者は、リアルタイムでTwitterに向きあっているのか、さらにリプライが投稿されていた。

会社のサイトにある写真とはなんだろう、動画では顔はわからないのに、と琴絵は震える手でさらにアプリを切り替える。高奈物産の公式サイト、業務内容をブログの形に似せて紹介するページのなかに、篤志が写っていた。動画と同じネクタイを締めている。

もしもし、とスマホから遠く声がした。琴絵は耳に当てる。

「見ました。どうすればいいんでしょう。こんなのひどい」

「落ち着いてください。これは明らかにアウトです。今の投稿者は悪意を持って人を貶めようとしています。厳重に抗議しますし、すぐに消させます」

「でも、ネクタイが同じで……」

「だからって、イコール同一人物、とはなりませんよ。すぐ対処しますので切りますね」

電話は切れた。

琴絵は壁にもたれかかった。足の力が抜け、そのままずるずると座りこむ。

悪夢のようだ。篤志の名前も、会社の名前も知られてしまった。これからどうなってしまうんだろう。

「高奈さん？」

頭の上あたりから声がした。経理部の先輩女性だ。

「具合、悪いの？　病院、行く？」

「……あ、いえ、だいじょうぶです」

「だいじょうぶじゃないでしょ。顔色が悪い。行ったほうがいいよ」

心配そうに見つめてくる。この人には動画のことを知られているんだろうか。部長のようすからみて経理部でも噂は回っているはずだ。琴絵はなんとか笑顔を作るが、自分でもひきつっているとわかる。

「本当にだいじょうぶです。あたしまだ、やることが」

さっきの名刺の投稿の行方を見届けないといけない。無事に消えたか、そのあとの対応はどうすればいいのか、川端からの連絡を待たなければ。

「なに言ってるのよ。やることとなんて誰かがやるでしょ。高奈さんがやるべきなのはおなかのお子さんを守ること。なによりそれが優先でしょう？」

先輩は強い口調だった。本気で自分と子供のことを心配してくれているのだと、琴絵は鼻の奥が熱くなる。目の前が涙で揺らぐ。

「……やだ、どうしちゃったの。不安にさせた？　ごめんね」

おろおろしている先輩に、だいじょうぶです、とまた答える。

そのとおりだ。自分が考えなくてはいけないのは子供のこと。この子の幸せ。それを一番に考えるべきだ。

今、この子を守れるのは、母親の自分だけなんだから。

しばらくののち、川端から連絡が入った。

動画の投稿者からはまだ反応がないが、名刺の投稿者には名誉毀損をちらつかせて発言の一切を消してもらったという。

動画の投稿者のほかの発言時間をみると、九時五時で働いているのか日中は昼休みの時間しかTwitterをチェックしていないことがうかがえるため、開示請求の準備をしつつ夜まで返事を待つそうだ。

ほっと息をついた琴絵だが、短時間とはいえネット上に名刺を晒されたので、魚拓と呼ばれるスクリーンショットで撮られて保存された可能性はあると言われた。なにかのアクションを起こしてくる人物がいるかもしれないので、かかってくる電話は録音しておくようにアドバイスをされる。会社の電話もそうしたほうがいいと、文子にも助言したとのことだった。

8

恵理子は怒っていた。

みんな、私を邪険にして。

最初はTwitterに動画を投稿していた人だった。何度も、元の動画か顔のわかる写真を送ってほしいとメッセージをしたのに、すべて無視された。

だがわずかな間だけ、犯人はこの男だと名刺の写真がリプライされたことがあった。恵理子がメモを取っているうちに消えてしまったが、最後まで書き取ることができた。スマホのカメラで撮れば早かったことに気づいたのは、消えたあとだ。

早速、高奈物産に電話をかけ、名刺の本人を出すよう頼む。しかし休んでおりますという返答のみで、ほどなく切れた。嘘つき、と思ったが、よく考えれば逮捕されて警察にいるのかもしれない。そのあたりも探ろうと再度電話をかけると、この電話は録音しておりますというアナウンスが入った。なにさまのつもりなのだろう。

ならば、と会社まで出向いた。古いビルのせいか、自動ドアではなく、手で押して開けるガラス製の両開きの扉だった。エントランスの左右二面の壁はベージュに塗られていたが、正面は茶系と緑系のタイルで幾何学模様になっている。そのすぐ前にあるカウンター、受付らしき場所には人がおらず、電話機が置かれているだけだ。この電話でかけてもまたすぐ切られるかもしれないと、昼まで待つことにした。食事で外に出てくる人がいるはずだ。はたして十二時を過ぎたところで出てきた女性に声をかけた。が、無視をされる。三人目を捕まえたところで体格のいい男性が会社から出てきた。警察を呼びますよと脅してくる。退散するしかなかった。

次はM女学院だ。

生徒の下校時間にはまだ間がありそうだ。いったん家に戻って、動画から女子高生の写真を撮っておこうと思った。顔はぼかされていたが、体格はわかる。周囲の人からみて平均より背の低そうな子と、それより五センチほど高い子のふたりだ。

髪型は、背の低い子のほうは長いストレート、高い子はボブカットだった。

けれど動画を見ることはできなかった。投稿者のページを見ると、あなたをブロックしました、と記されている。

ブロックとはなんだろうと調べてみると、相手が自分を拒否したということがわかった。なにもしていないのに、本当に失礼な人だ。

そうこうしている間に下校時間が近づいてくる。動画を見る方法はありそうだが恵理子には知識が足りていない。諦めてM女学院に向かった。

警戒されないよう、門から少し離れたところで少女たちの集団に声をかけた。

「ちょっといいかしら、あなたたちのなかにTwitterをやってる人はいる?」

少女たちが互いに顔を見合わせる。ひとりの子がおずおずと手を挙げた。

ファミレス勤務時代に培った優しい笑顔を作り、恵理子は訊ねる。

「東山線で痴漢を捕まえた動画が広まってるんだけど、見たかしら。M女学院の子が捕まえたそうなの。誰のことかわかる?」

再び、少女たちが顔を見合わせている。

「わかりません」

「知りません」

「失礼しますっ」

性急に頭を下げた少女たちが回れ右をして、脱兎のごとく駆けていく。恵理子に次の言葉をかける時間を与えなかった。

離れていった先から、彼女らの声が断片的に届いた。「なにあれ」「やば」と。

次の集団を待って声をかけてみたが、碌《ろく》に返事もされずに逃げられた。やはり写真がないとうまく伝わらないようだ。

夜を待って、俊介に電話をかけた。Twitterにある該当の動画を見られるようにしてほしいと頼む。

「それを見てどうしようっていうの」

いぶかしげな声が返ってくる。

「どうって、見たいのよ。いったんログアウトするか、ログインしていない別のブラウザからならブロックされている相手のページを直接見ることができる、ってネットに書かれてたんだけど、パスワードがわからないから、ログアウトをしたら次のログインができなくなるかもしれないでしょ？　別のブラウザというのもよくわからないし」

「見たい理由を訊いてるんだけどね」

そう言ったまま、俊介は黙っている。恵理子は焦《じ》れた。仕方がないと、今朝、動画を見て考えた自分の推理を披露した。それでも俊介はピンとこないようだ。

「だから祥平じゃなくてその男が痴漢の真犯人かもしれない、女の子たちが祥平を嵌めたのかもしれない、ってことなの」

「馬鹿言うなよ。駅が全然違うじゃないか。上社から栄は十駅ぐらい離れてるんだよ」

「同じ路線じゃない。乗ってしまえば変わらない」

鼻で嗤《わら》うような音が、受話口から漏れてきた。自分は俊介にも軽んじられている、と鈍い怒りが湧いてくる。

「で、その男か女の子をどうするの。捜すの？　顔がぼかされてたんだろ？　無理だって。やめとけよ」

「がんばるから」

「そういう気合いの問題じゃなく合理的に考えて、捜すのは無理だと言ってるんだ」

「無理でもなんでも、私がやらなきゃいけないの。祥平には罪がなかったんだって、私が証明するの。母親の私が祥平を信じなくてどうするの」

俊介が長いため息を聞かせてきた。

「……パスワード、パソコンが覚えているから消えないと思うよ。一度ログアウトしてみたら？」

「本当に？　……嘘じゃないの？　私がこれ以上、祥平のTwitterを見られないようにしたいんでしょ」

俊介は、もう一度ため息をつく。

「母さんは、オレのことは信じないんだな」

勝手にしろと吐き捨てられ、電話が切れた。

少しだけ、悪いことをしたという気持ちが恵理子に芽生える。祥平、祥平と、弟ばかり気にかけているから、俊介は妬《ねた》ましく思っているのだろう。だけど再ログインできなかったら大変だ。俊介のことだから、パスワードは探しあてているはずだ。なのに教えてくれない。

恵理子はネットを検索し、時間をかけてやっと別のブラウザに辿りついた。そこから動画を見て、必要な写真をスマホに撮る。

それを手に翌日もまたM女学院に向かったが、成果がないまま週末を迎えた。

9

「週刊茶話《さわ》」という雑誌名を載せた名刺が美夏に差しだされたのは、土曜日のことだ。博正はこのところ何度も早く帰ったせいで溜まってしまった仕事を片付けに出かけ、吹奏楽部に所属する麻衣は部活、紗季はボイストレーニングとダンスだ。そのレッスンに送りがてらデパートで買い物を済ませて帰った美夏は、マンションの前で呼びとめられた。

モッズパーカーを着た女性だった。オリーブグリーンの色をした、前がジップアップかつスナップボタンもついているフード付きのコート、昔のアメリカ陸軍の野戦用パーカーだ。美夏が若いころに刑事ドラマの主役が着用し、一大ブームを巻き起こしてもいる。目の前の女性が着ているのは少し大きめなので、メンズかもしれない。ショートカットの髪型と、美夏と同じぐらいの長身に似合っている。歳は三十代中盤から後半といったところだろう。

晴れている分、風が冷たい。十一月も下旬が迫っていて寒いなか、いつから待っていたのか。上のお嬢さんのことでお話を聞きたいと言われた。

用件はなんとなく見当がついた。が、相手は週刊誌だ。憶測で勝手なことを書かれては困る。拒絶したほうがいいかもと、その迷いはあったあと、紗季が芸能の仕事をする際にマイナスになるかもしれないという懸念もあった。

天秤《てんびん》の皿のどちらにも不安が乗っている。同じ重さなら、コントロールできるほうがましだろう。

近くの喫茶店にでもと提案されたが、主要駅にある店ならともかく、このあたりでは誰に見られるかわからない。

弁護士にも同じ対応をしたことを思いだし、仕方なく部屋に招き入れた。リビングに通す。飲み物を出してやろうという気はなかったが、美夏自身が温かいコーヒーを飲みたかった。ついでに相手の分も淹れる。

「改めまして。槇野泉美《まきのいずみ》と申します」

ダイニングテーブルで向かいあった槇野は、妙に親しげな笑顔で頭を下げてくる。そして右手を差しだしてきた。

「握手してもらってもいいですか？　私、高校生のころからずっと『プシューケ』読んでたんです。ナツさんのこと、切り抜いてノートに貼ってました。今日、実家に寄ったからそれ持ってきたんです。あ、サインも、よかったら」

右手はそのまま、左手でメッセンジャータイプの大きな鞄から、よれて隅の丸くなったノートを出してくる。ページをめくり、ほら、とさらに笑顔になった。

二十年ほど前の美夏が、弾けんばかりに笑い、ポーズを取っていた。

ご機嫌取りの川端とは違い、槇野は本当にファンだったようだ。たしかに美夏は、雑誌内でナツと呼ばれていた。春の字を名前に持つ同じ歳のモデルがいてハルナツコンビともてはやされ、よく一緒に誌面を飾っていた。

「わあ懐かしいー、とはなかなか言えないですね。もうおばさんだから、恥ずかしいです」

美夏は苦笑を浮かべる。槙野が、すみませんと言ってノートを引っこめた。

「失礼しました。つい舞いあがってしまって。当時のことはあまり、おうかがいしないほうがいいでしょうか」

「……娘のことを訊きにきたんじゃなかったの？」

美夏はいぶかる。槙野は別のノートを出した。はるかに新しいが、こちらもよく使いこまれている。

「はい。でもお嬢さん、紗季さんも小さいころにモデルをなさっていたようで、ナツさん、いえ美夏さんの影響を受けていらっしゃるのかなと。であれば、と思いまして」

話のきっかけに、ということなのだろう。

「関係ないですよ。娘はたまたま人から頼まれて。わたしが引退したあとだし」

「それ、ファンとしてはずっともったいないと思っていたんですよね。雑誌のモデルさんって、読者層と年齢がずれてくると年上の層の読む雑誌に移られたり、演技の道に進まれたりしますよね。美夏さんはドラマに出演されて、その後そちらでご活躍になるとばっかり思っていたのに、いつの間にか引退してしまって」

「結婚したからですよ」

「ハルさんもご結婚されましたよね。……でも離婚なさって、今は四十代がターゲットのファッション誌に出ていらっしゃいます。私、ナツさんのほうが好きだったから、また誌面やテレビで拝見したいって思ってたんですよ」

「彼女は東京だからじゃないかな」

「名古屋だって二時間かからないし、すぐじゃないですか。テレビ局も複数あるし、そこが制作するドラマもけっこう多いし」

川端といい槙野といい、どうしてその話で人を乗せようとするのだ、と美夏は不快になる。

「……じゃあ、わたしが演じたドラマや映画の役、見てたのよね。どう思った？ あまり上手じゃなかったでしょ」

「でも、演技って磨かれていくものですから」

槙野が目を合わせ、じっと見てくる。

ふ、と美夏はほほえんだ。鼻で嗤ったようになってしまい、印象を悪くしたかと感じたが、紗季のことではないからまあいいか、と思い直す。

「正直なのかなんなのか、反応に困る答えね。ただ、だからそういうことなんです。限界を感じたというほど限界までやってはいなかったけれど、ほかの人はレベルが違うと思った。わたしじゃ、せいぜい学芸会。それに撮影のときに会った赤ちゃんがとてもかわいくて、自分もこんな子がほしいなあ、って思ってね。というわけで昔の話は終わり。このあと用があって、そんなに時間がないんです。本題に入っていただけますか？」

本当は用などないが、今日は鯛を捌《さば》いてアクアパッツァを作る予定だ。家族全員が揃《そろ》う夕食は休日ぐらい。邪魔されたくない。

槙野が、はい、と答えてノートを開く。鞄からタブレットも取りだして、液晶画面に写真を表示させる。

「こちら、三日前の夜にTwitterに載った動画の切り取りです。現在は消されていますが、ご覧になったことはありますか」

やはりそれかと、美夏はうなずく。載った翌日、学校から戻ってきた紗季から教えられた。まず萌奈が気づいて、紗季に知らせたのだという。顔がぼかされているからわかりはしないと萌奈は言ったそうだが、動画の撮られた日、萌奈は午前中の大半を、紗季は丸一日学校を休んでいる。ふたりのことだと勘づくクラスメイトがいるかもしれない。紗季はそう心配していた。知らぬ間に噂になっていて、週刊誌の記者にまで届くとは。

「娘になにを訊くつもりですか。怖かったという程度のお話しかできないでしょう。

わたしも週刊誌のネタになどしてもらいたくありません」

「ネタとして消費するつもりはありません。仕事ですから私もいろいろな記事を書きますが、自分のテーマとして性犯罪を追っています」

「性犯罪？　また辛《つら》そうなものを」

「そうですね。でも、誰かが別の誰かの尊厳を傷つける、人生が歪《ゆが》められてしまう、そういった犯罪は許せないという思いがあります。今回の件は、被害者が友人と協力して犯人を逮捕に導いたという、『痴漢は絶対に許さない』というメッセージがこめられていますし、その方向で記事にします。また、そういったひとつひとつを集めて、啓発する特集を組みたいと思っています。……こちらに関しては集まってからと申しますか、ゆくゆくはの課題なんですが」

槙野は身を乗りだしながら語った。ボーイッシュな見かけの割には垂れた目が、真剣な色を帯びている。

「意図はわかりますが、やっぱりひとつのネタでしょ？　高校生の娘を世に晒すような真似、親としてはできませんよ」

「顔写真は出しません。名前も当然匿名、仮名です」

「だったらなにを出すの？」

「ひととなり、でしょうか。正義感の強い、育ちのいいお嬢さん、といったような」

「育ちって……、あなた、娘が小さいころモデルをしていた話をしましたよね。わたしの話も訊ねてきましたよね。そういうのを出すつもり？　名前が出なくても、娘のことだとわかる人にはわかるじゃないですか」

「出してはいけないということなら出しませんので。お話だけでもうかがえませんか」

「お断りします。こういった話で騒がれたくないことぐらいわかるでしょ。変な動画がネットに出たせいで娘だと気づかれるんじゃないか、学校で噂になっているんじゃないかと、こちらは気を揉んでいるんです。記事にするなら、ああいう動画で他人を晒す人のほうを記事にしたらどうですか。世の中のためにもなりますよ」

槙野が、我が意を得たりとばかりに深くうなずいた。

「そのつもりです。その方の取材も取りつけています。実は、紗季さんの写真をいただいたのはその方からです」

どういうこと？　と美夏は眉をひそめる。

「動画はボカシ加工がされてましたよね。オリジナルを送ってもらったんです。あ、安心なさってください。表には出しません。その方も問題になると困るので出さないと言っています。いろいろ言われたみたいですよ。女の子の顔を見せろとか、名誉毀損になる発言を引き起こしただとか。それでその人は、動画そのものは引きあげて、痴漢を防ぎましょうというメッセージを改めて投稿したとのことです」

「本当に、そのオリジナルの動画や写真が表に出ることはないんですよね？　どういう人なんですか、その人は」

「じかにお会いするのはこれからなんです。だからまだなんとも言えませんが、電話やメールの感じでは、ごく常識的な女性ですね。活動家というわけでもなさそうです。世の中を良くするためにはひとりひとりが声をあげないと、という考えをつねづね持っていたところ、目の前で痴漢が捕まえられたので思わずスマホを向けたのだとか。ひとりひとりが声を、という部分には私も同意します。ジャーナリストの使命だとも思っています」

ジャーナリストねえ、と美夏は名刺を見ながら思う。週刊茶話は政治批判も載せるが、芸能記事や艶笑コラムも多い。不倫をすっぱ抜かれて活動できなくなったタレントもいたはずだ。

スマホで動画を撮った女性だって、大いなる勘違いをしている。自分の主張を訴えるために、なぜ見ず知らずの人間を撮るのか。

人は素材じゃない。言いたいことがあるなら自分を晒してやればいい。他人を利用するな。

不快な思いを隠せぬまま、美夏は訊ねる。

「じゃああなたは、その動画を見て被害者を捜そうと考えて、写真を手に入れたわけね。そこからうちにはどう辿りついたんですか。写真を元に娘のことを訊きまわったの？」

「痴漢被害と結びつけるような訊き方はしてませんのでご安心ください。詳しくはお話しできませんが、実家がこちらなので知りあいも多くいます」

そういえばさっき実家に寄ったと言っていた、と美夏は思いだす。やっかいな。東京から二時間弱の距離とはいえ、一度断ってしまえばこの話は終わりだと思っていたのに。

「いずれにせよ、お話しすることはありません。紗季にも近づかないでください」

「わかりました。お気持ちが変わったらご連絡ください。いつでもまいります」

槙野がにっこりと笑いかけてくる。

どこがわかりました、だ。やっぱりまた来るつもりじゃないかと、美夏は睨む。

槙野は視線を受け流すかのように荷物をまとめている。

と、玄関で音がした。槙野の顔に喜色が差す。

紗季が帰る時間には早いはず、と思うものの、美夏は真っ先に立ち上がり、早足で廊下へと向かう。

「……ただいま。どうしたの、わざわざ玄関まで」

きょとんとした顔で、麻衣が美夏を見てきた。そのまま鞄を玄関に置き、靴を脱いでいる。うつむいた拍子に眼鏡がずりさがった。ふっくらした頬を気にして選んだのか、幅広のセルフレームが重いのだ。ふくれっつらをしないようにするほうが早いのでは、と美夏はいつも思っている。

「お客さん？」

見慣れない靴に気づいたのかと思ったが、麻衣の向ける視線は美夏を通り越している。リビングの扉から槙野がやってきていた。

「下のお嬢さん、でいらっしゃいますか？　あの、私、槙野と申しまして東京から来たのですが――」

「娘とは話をしないでください。麻衣、あなたも早く部屋に入って」

背後と玄関の両方にせわしなく目をやり、美夏は強い口調で言う。

「……いらっしゃいませ。すみません、失礼します」

中途半端な作り笑いを顔に載せた麻衣が、廊下の途中にある扉を開けて自室へと入る。美夏は、お帰りくださいとばかりに玄関へと手をかざす。

「紗季は当分帰りません。待っていても無駄ですので」

「はい。お暇《いとま》します。下のお嬢さんもかわいらしい方ですね」

それはお愛想なのか、帰れとうながされて嫌みを投げたかったのか。美夏は無言を貫いた。

「それでは失礼します」

一礼して、やっと槙野が玄関から出ていった。入れ替わるように、麻衣が自室の扉を薄く開ける。

「今の人、なに？」

麻衣は制服を脱ぎ、黒地に髑髏《どくろ》の絵のついたトレーナーに着替えていた。モデルとしていろいろな服を着てきた美夏だが、このタイプのものに袖を通したことはない。外に着ていかないでほしいといつも文句をつけているが、麻衣の好む恰好なら痴漢に遭いづらいかもしれないという気もしていた。

「週刊誌の記者。紗季のことで来たの。もし外で今の人に会っても、絶対に相手をしないで」

ふうん、と麻衣が肩をすくめる。大きく生まれた麻衣は、早生まれの割には同学年の子と遜色ない成長を辿った。だが癇《かん》が強くてききわけがない。生まれたときから紗季はいつも笑顔だったが、麻衣は不機嫌そうに唇の端を下げた顔ばかり。姉妹で赤ちゃんモデル、幼児モデルをさせてみたが、どうにも愛想がない。諦めざるを得なかった。

今も素直さに欠け、独自の道を行っている。美夏の言うことを聞いてくれたのは、中学受験が最後だろうか。なんとか紗季と同じ学校に合格したが、やたら分厚い本を読んでいるかパンクな音楽を聴いているかだ。パンクが好きでどうして吹奏楽部なのと訊ねたら、クラシックだって聴いてるのに気づいてないのかと冷たい目で言われた。そのふてぶてしい態度で周囲のお嬢さん方に悪影響を及ぼさないよう、願うばかりだ。

「おねえちゃんも大変だ。だいたい、ガツンと言わないのが悪いんだよ。触られたら殴る。最初にそうしてれば目をつけられないのに」

殴るはともかく、美夏も麻衣と同意見だ。だがそれを紗季に求めるのは難しい。

「紗季の性格じゃ、なかなかそうできないのよ。麻衣と足して二で割ればいいんだけど」

「足されたくない。おねえちゃんははっきりしないし、なに考えてるかわかんなくて無理」

またキツい言い方をして、という文句をつけるまえに麻衣は扉を閉めた。

美夏はため息をつく。めんどうな人に目をつけられてしまった。

紗季にＬＩＮＥを入れる。変な人がいるかもしれないから地下鉄の駅まで迎えにいく、と。

示談に応じたほうがいいのだろうか。納得のいかない気持ちはあるけれど、長引けばまた、似たような人が湧いてくるかもしれない。紗季が裁判に出廷することが、将来の足かせにならないとも限らない。被害者とはいえ、紗季になんらかの色をつけることになる。それを嫌う芸能事務所もあるだろう。今は被害者バッシングも多い。


夕刻、LINEの連絡を受けて駅に出向いた美夏は、帰り道で、そっと紗季の手を握る。

「どうしたの？　急に」

紗季が驚いた顔で見てきた。

「寒いでしょ。手袋、してくればよかったね」

「すぐじゃない。ほらその角を曲がれば、マンションの上のほうの部屋が見えてくるはず」

照れくさそうに笑う紗季だが、握った手はそのままで、振りほどこうとはしない。

「ねえ紗季、示談の件、どうする？　まえにも説明したかな、あの男が裁判を受けるときには紗季もその場で証言しなきゃいけなくなる。……できそう？」

美夏は紗季にくっつくようにして、小声で語りかけた。すくむかのように、紗季が足を止めてしまう。

「ごめん。家に帰ってからにしようか。……こう、空を見あげると先のことを考えられるんじゃないかなって思ったのよ」

薄暮のなか、街灯や商店の灯りに邪魔をされて星など見えないが、空気の冷たさは背筋を伸ばしてくれる。紗季が、将来を見据えて決断してくれればと願う。

「裁判は……ちょっと怖い。そういうのは抜きで、もう私に近寄らないというのはないのかな」

紗季の声も小さい。

「逮捕されたんだから、これ以上、紗季になにかをしようというのはないでしょ。だけど裁判抜きでは、刑務所には入れられない。懲らしめることはできなくなるよ」

「別に懲らしめたいとまでは思わないよ。かかわりたくない。それだけ」

「じゃあ示談で、いい？　パパにもそう言うよ？」

こっくりと、紗季がうなずく。

「……わかった。ママもそれがいいと思う。万が一にでも、将来の足かせになっては大変だから」

「足かせ？」

「紗季が将来テレビに出たときに、昔こんなことがあった、ってネットの話題にならないように。被害者だから悪くは言われないだろうけど、蒸し返されたくないじゃない」

美夏がそう言うと、紗季は不安そうにじっと見てきた。その顔を見ているだけで、美夏は胸苦しくなる。

自分とよく似た顔が怯えているのは辛い。過去の自分が怯えているように感じてしまう。今持っている大人の知恵で、なんとしても紗季を守らなくては。

「心配しないで。万が一の話だから。それにそうならないように終わりにするんだから、ね」

「うん……、あのね、ママ。私、将来のことはもうちょっとゆっくり考えたいと思ってるんだけど」

声がどんどんと小さくなっていく紗季に、美夏は握った手を上下に振って応える。

「そうね。選択肢は広く考えたほうがいい。じゃあもう、紗季はあの男のことを忘れましょう。あの男にはママが呪いをかけておくからね。どこかで野垂れ死んじゃえって」

紗季がやっと、声を出して笑った。

「その最期、刑務所に入るよりひどいって、ママわかってる？」

10

篤志の帰宅が決まった。

被害者とその家族がようやく示談に応じてくれたのだ。そのため無事に不起訴処分となった。一般的な示談金より高い額を支払ったと琴絵は聞いたが、具体的には知らない。子供が生まれるあなたたちにはその負担をかけたくないと、文子が義父の将市にかけあって全額出してくれた。

一週間余ぶりに家に戻ってきた篤志は、無精ひげにパサついた髪をして、十歳近く老けて見えた。まずはと風呂に入る。たっぷりと時間を取って出てきたときには、元の篤志に戻っていた。それでも少し痩せた、と琴絵は思う。

バスタオルを頭からかぶったスウェット姿の篤志は、リビングのソファに身体を預けた。両腕を広げて背中を沈めるようにしていて、その柔らかさを存分に楽しんでいるかのようだ。裸足の裏で、毛足の長いカーペットを撫《な》でている。いつも快適な温度に保たれている部屋といい、しばらく篤志のそばになかったものだろう。

「あー、ひどい目に遭った。疲れたよ」

篤志は深くため息をつく。

「取り調べ、厳しかったの？」

「そうじゃなくて。……まさかあんなふうに嵌められるとは思わなかった」

「嵌められた？　えっと、弁護士さんの話では、その、認めたって聞いたんだけど。あ、お水飲む？」

どういうことなんだろう、と琴絵はいぶかる。不起訴処分には大きく三つの理由があると川端に聞いていた。なにもしていないと判断された「嫌疑なし」と、証拠が足りない「嫌疑不十分」、そして加害者や被害者などの情況によって検察官が起訴を見送った「起訴猶予」。篤志の場合は示談によって被害者側が刑事処罰を求めないとされた「起訴猶予」のはずだが、本当はなにもやってなかったんだろうか。

篤志は、エビアンの五〇〇ミリリットルのペットボトルとガラスのコップを持ってきた琴絵を、上目遣いで見た。ペットボトルだけを受け取って、片手でコップを拒否する。篤志は気分によって、コップを使ったり使わなかったりする。琴絵はコップをキッチンに戻した。

「認めざるを得なかったってだけだ。手が当たった、それはたしかといえばたしかだ」

「当たってすぐひっこめたなら……、そんなつもりはなかったけど当たってごめんなさいって言えば……、駄目なのかしら」

琴絵自身、そういうことがあった。ウエストの横になにかが触れたのでそちらを見ると、相手の男性がとても焦った顔をしてそう言ったので、電車の揺れで当たっただけなのだろうと納得した。

「鞄だと思ったんだよ。だが尻を触ったと言われた。あたふたしてるうちに男の子が手をつかんできて、次の駅で外に引きだされた。抗議しようとしたら別の女の子が痴漢だと騒ぐわ、僕の鞄を取りあげようと引っ張りあいになるわ、わけがわからないうちに警察に連れていかれたんだ」

篤志が憤然としたようすで言う。

「だったら……、冤罪じゃないの？　それ、警察に言わないと」

「言ったとも。……だけど触った場所が、当たってしまったのが尻だったのは、結果とはいえ、そうだったんだから、不本意でも認めるしかないだろ」

篤志はそう言うが、琴絵としては釈然としない。無意識のままおなかを撫でる。

そう、篤志は父親なのだ。不起訴になったとはいえ逮捕されたというデータは警察に残ったはずだ。父親が犯罪者だなんて、この子に申し訳ない。

子供の経歴を汚《けが》しちゃいけない。

「ちょっと立って」

琴絵は、不審げなようすの篤志の右手をつかんだ。人さし指の第三関節、甲のあたりに黒子《ほくろ》が見える。この手は、なにをしたんだろう。

「やってみて、あたしに。どんなふうに手が当たったのか」

「なんだよそれ」

篤志はソファに座ったままだ。

「その子、篤志さんのどちら側にいたの？　どんな鞄を持ってたの？」

「……わからないよ。満員電車だぞ。わかるわけないだろ」

「でも警察には説明したんでしょ？　当たっただけだって。それで許してくれなかったってことは、どんなふうに当たったのかなって。弁護士さんに、手に女の子の服の繊維が付着したのかって訊いたら、当たっただけでもつくって言われたけど、どうやってついたのかなって……」

琴絵の話の途中から、篤志の表情が険しくなっていった。手を振りほどかれる。

「なに責めてんだよ。なんでまた責められなきゃいけないんだよ」

「え……、責めてなんてない。逆だよ。篤志さんがやっていないなら、あたしが警察に抗議に行く。文句を――」

「やめろよ！」

篤志が立ち上がった。

「でも……」

「めんどうに巻き込まれるだけだ。もう示談も済んだ。不起訴。決着。それでい
い」

「だけどやってないのにやったことにされるなんて」

「触った、……ってことになってるんだからもうい
い」

篤志は背を向け、ペットボトルを手に歩きだす。琴絵は追った。

「すごく心配してたのよ。不安だったの。あたしだって納得したいじゃない」

「納得？　そんな気持ちのためだけにことを大きくされたくないよ」

腕に寄せようとした琴絵の手を、篤志は肘で拒否した。バスタオルが床に落ちる。

篤志の目が、どこか怯えてみえた。

手が当たっただけというのは本当なんだろうか。

「あのね、弁護士さんからもうひとつ聞いたの。被害者の女の子、何度も痴漢に遭っていたから、友人に協力を求めたって。そっちは……以前の被害っていうのは、関係ないのよね？」

「当たり前だろ！」

篤志がキレたように大声を出す。

「そ、そうだよね。ただ、思うんだけど……、そこまで準備をするなら、手が当たっただけの相手を捕まえるの、危険じゃないかな。本当の犯人を野放しにするこ

とにつながるよね」

琴絵の頭の片隅から離れなかった疑問だ。

間違った相手を捕まえてしまったら、本当の犯人に気づかれる。その後の被害はやまないかもしれない。だから被害者と友人は、捕まえる相手が正しいかどうか、慎重になるのではないだろうか。

篤志は、それまでの痴漢行為をずっと否定していたという。本当にやっていないのか、証拠が出るはずはないと踏んだのか、どちらなんだろう。

「いいかげんにしろっ！」

持っていたペットボトルを、篤志が投げつけた。

琴絵の横をかすめ、床に落ちる。衝撃でペットボトルから水が噴きだした。

息を呑む琴絵を無視し、篤志はリビングに接している寝室に入って扉を乱暴に閉めた。琴絵のおなかでなにかが跳ねる。なにかではない、子供……胎児だ。

「あ、……あのっ」

「着替える！　入ってくるなよ」

琴絵はそれどころではない。だいじょうぶ、だいじょうぶと小さくつぶやき、おなかを撫でる。すぐそばにあったダイニングの椅子に軽く腰掛け、息を整える。吸って。吐いて。

篤志はほどなく、シャツと綿パンツという恰好になって出てきた。手には革のジャンパーを持っている。

「出かける」

「……どこに」

「どこだっていいだろ」

足音荒く、篤志がマンションの部屋を出ていった。水で濡《ぬ》れる床もそのままに、琴絵のようすをたしかめることもなく。

琴絵はゆっくりとソファに移動した。自らの鼓動をたしかめ、平静になるのを待つ。

篤志はやっていたんだ。そう確信した。

捕まったときだけじゃない。そのまえから何度も、被害者に痴漢行為を繰り返していた、それが真実だったのだ。

ひどい目に遭ったという愚痴からはじまったのは、慰めてほしかっただけなのだろう。なのに自分が細かく問うから、説明が合わなくなってきて、ついにはキレた。

はあ、とため息をつくと、涙も湧いてきた。

ごめんね、と琴絵はおなかを撫でる。お父さんは悪い人だったね。女の子にいけないことをして、警察に捕まった人だったね。

そんなお父さんでごめんね。お母さんがその分、あなたを大事にするからね。守ってあげるからね。

おなかの子にそう言い聞かせながら、でも、と琴絵の頭に疑問が浮かぶ。

それでこの子は幸せになれるんだろうか。

生まれるまえから、父親が犯罪者だなんて。そんなハンデを負わせるなんて。

離婚。

床に広がる水を見ていたら、頭にその言葉が下りてきた。

それは無理だ。

鼓動と息が元に戻ったのを確認し、琴絵は立ち上がった。アイランド式キッチンの向こう側に行って、ペーパータオルをつかみ取る。離婚すれば、自分は職を失うだろう。高奈物産にそのまま置いてくれるはずがない。妊娠中の職探しは大変そうだ。生まれたら生まれたでもっと難しい。すぐには働けないだろう。ならば実家に……それも無理だ。継母の晶子との仲は悪くないけれど、弟の淳之介は受験生だ。迷惑をかけてしまう。頼れない。

情けないけれど、今の自分はひとりで生きていくことができない。いやひとりならまだしもおなかに子供がいる以上、高奈家に頼るしかないのだ。

かがみこみ、ペーパータオルで床を拭く。今はできているが、このおなかがもっと大きくなったら、この程度のしぐささえ不自由になるだろう。ただそれだけのことが、琴絵の不安を増長させる。ペーパータオルはすぐにぐちょぐちょになってしまった。とても追いつかない。あとで洗えばいいかと、篤志が落としていったバスタオルで水を吸った。まだ新しいからか吸いこみが悪い。床に細かなしずくが残っている。

水も、汚れも、少し拭っただけではなくならないのだ。

篤志はまた同じことをするかもしれない。

何度も同じ女子高生を狙って痴漢をするなんておかしい。その子だけが被害者じゃないのかもしれない。

だとしたら、これからどうなるんだろう。

夜遅くになっても、篤志は帰ってこなかった。

LINEも既読にならない。琴絵はなかなか電話をかける気になれなかったが、仕方がないとスマホを手に取る。

と、それが手の中で鳴った。文子からだ。

「ごめんなさい、連絡が遅くなってしまって。篤志、琴絵さんには伝えてきたと言ってたんだけど、なんとなく違う感じがしたので電話したの」

ああ、と琴絵は息をつく。

「篤志さん、そちらにいるんですね」

「ええ。琴絵さんのお友達が遊びに来てたから退散したって言うんだけど」

どうしてそんなバレバレの嘘を、と琴絵は呆れる。文子もいぶかっているようだが、喧嘩《けんか》をして出ていったと知らせる必要もないだろう。篤志も言いたくなかったということだ。

「はい、でももう帰りました」

「そう。それで篤志、今夜は遅いから泊まるって言うの。せっかく帰ってきたのに、ひとりにしてごめんなさいね。明日、叩きだすから。もちろん、明日は会社にも行ってもらわないと」

「はい。どうぞよろしくお願いします」

どこかほっとしながら、琴絵は答える。今夜はひとりでいたい。

「あなたの体調はだいじょうぶ？　先週、具合を悪くしてたみたいだって聞いて。ワタクシが毎日会社にいれば少しは気遣ってあげられるのだけど、外とおつきあいするのも仕事のうちなものだから。申し訳ないわね」

文子の声に労《いた》わりが交じる。経理部の先輩から聞いたのだろうか。

「だいじょうぶです。お義母さまもお忙しいんですし」

「まあね、でもその合間を縫っての体力づくりもサボってないわよ。孫が社長になるまで元気でいなきゃ」

この間はひ孫の顔がどうこうと言っていた文子だ。社長になるのとひ孫が生まれるのとどちらが先なのだろう。どちらにせよ文子のパワーは全開で、百歳になっても元気そうだ。

「それでね、うちのスイミングスクール、マタニティスイミングもはじめたんですって。あなたもどう？　臨月までできるらしいし、筋力がついてお産も軽くなるんですって」

「ちょっと考えます。……泳ぎは得意なほうではなくて」

「いやだ、ワタクシみたいに一〇〇メートルをクロールで泳ぐとかそういうんじゃないわよー。あら、自慢が交じっちゃったかしら。うふふ、このあいだもコーチに褒められちゃってね、マスターズ水泳に出てみないかだなんて、もう困っちゃう。と、ワタクシの話は置いておきましょ。マタニティの人は浮いて体操するぐらいらしいの。歩くだけでもいいのよ。逆子も直るんですって。それはちょっと早い話だけど、自然な形で産んだほうがあなたも子供も楽だもの。一緒にやりましょうよ」

文子の声がはしゃいでいた。篤志の心配がなくなって、関心がまた孫に戻ってきたようだ。

心配なのはあたしではなくておなかの子、孫ということか、と琴絵は苦笑する。

そして気づいた。文子はこの子の将来を早くも決めている。もしも離婚をするなら生まれるまえにしなくては、高奈家に取られてしまう。

11

週刊茶話に、小さいながらも紗季の記事が載ったと知ったのは、発売したあとだった。

名前も顔写真も載っていませんので、という文章とともに、槙野が記事を送ってきたのだ。読んで、その言い草に呆れた。なるほどわざわざ〝顔〟写真と表現したわけだ。

たしかに顔写真はないが、Twitterで流された動画が切り取られて載せられていた。写っている女子高生が紗季だと気づくかと問われれば、まず気づかないだろうけど。

概要は、先日槙野が言っていたものと近かった。

名古屋市営地下鉄東山線で被害者とその友人が痴漢を捕まえた。第三者によってその際の動画がTwitterに投稿された。のちに動画は削除された。というできごとの流れが紹介され、動画を投稿した人のインタビューで記事の半分ほどが占められていた。

地下鉄の車内で高校生の男女が痴漢だといって声を上げたときの周囲の反応、その子たちが次の栄駅で加害者の男を無理やりホームに降ろしたこと、手助けした女性がいたこと、駅員が来てその女性は立ち去ったこと。それらについて、投稿者が感想を交えて述べている。そしてなぜ投稿者がその動画をネットに上げて、さらには消したのか、その理由も記されていた。前者は正義感ゆえの行動で、後者は反応の大きさゆえの判断だ。美夏は知らなかったが、痴漢のものとされる名刺の写真が、動画へのリプライの形で載ったらしい。ほんのいっときで消えたとあるが、それが本当に痴漢——高奈の名刺なのか、たまたま落ちていた別人の名刺だったのかは、触れられていなかった。

高奈の名前も載っていないし、示談が済み、不起訴処分となったことにも触れられていない。発売日までの期間から考えて、示談を知ることはできなかったはずだ。分量からみて、これは埋め草記事ではないかと美夏は思う。記事が足りなくなったときに入れる、いつ載せてもいいストックのことだ。今回の場合は急に空きができてしまい、今週号に出たのではないか。槙野としては、事件がどうなったかまで書きたかっただろうに。

紗季個人のことは、さほど触れられていなかった。だが名門とされる中高一貫の女子高の生徒だとか、周囲でも評判の美少女だとか、そういったとおりいっぺんの紹介だけでなく、進級して早々にあったエピソードが載っていた。

学校最寄りの地下鉄の駅で、杖をついた高齢の女性が身をかがめてなにかを捜していたという。家の鍵を落としたのだ。その子は一緒になって捜し、見つけた。それだけではなく、捜し疲れてベンチに座ってしまった女性の話し相手になり、ようやく動けるようになった女性の荷物を持って家まで送り届けてあげたという。女性の家族が学校にお礼の連絡をして、容姿や話した内容からその子だとわかったそうだ。

そんな親切で優しい子が痴漢に遭った、なんてひどい。しかし果敢に立ち向かった、よくがんばったね。——とでもいう印象を、読者に抱かせる記事だった。

他人が読めばなんてこともないだろう。だが家族としてはたまったものではない。

M女学院では、そのエピソードを全校集会かなにかで披露したはずだ。紗季の名前は出されなかったと聞くが、クラスメイトから噂が広まり、紗季のことだと知っている子も多いという。痴漢の被害者は紗季だ、そう名指ししたも同然だ。

高校生が読む雑誌ではない。けれど家族が読むかもしれない。この雑誌の記事はたまにネットニュースになっている。もしそうなったら広く人の目に触れる。

美夏は槙野に電話をかけた。忙しいのかなかなか出なかったが、三度目でやっとつながった。文句を言う。だが槙野は平然としていた。

「たぶん、ネットニュースにはならないと思います。そこまでのニュースバリューはないので。犯人のその後まで追えればよかったのですが」

「そんなあやふやなお返事では困ります。ネットニュースにしないと約束してください」

美夏の口調が強くなる。

「そこは上の判断になりますので、絶対とは。もしも記事の評判がよければ、時間を置いて出る可能性もゼロではないんです」

「じゃあ写真を差し替えてください。制服から学校がわかってしまいます。あのエピソードは生徒みんなが知っているんですよ。だいたい、誰から聞いた話なんですか」

「情報源については、ちょっと。そうだ、警察から犯人の続報は聞いてらっしゃいますか？」

「それは交換条件のつもりですか？　痴漢の続報を教えたら、情報源を明かしますと。わたしたちが情報源を責めても仕方がないんだし、あなたにだけ有利な話じゃないですか」

苦笑の声が、スマホから漏れ聞こえた。

「そんなつもりで訊ねたわけではありません。でも、お話ししましたよね。性犯罪は私にとってのテーマだと。加害者側の考えも明らかにし、世に問いたいと思っています」

正義の鉄槌《てっつい》を下す手伝いをしろとでもいうのか。その気持ちはわからなくもないが、美夏としてはもう相手にしたくない。もちろん紗季もだ。槙野が訪ねてきた日の夕刻、紗季は美夏の手を握りながらはっきりと言った。かかわりたくない、と。

高奈の謝罪は、美夏と博正だけに行われた。紗季は同席させていない。紗季の記憶から、消してしまわなくてはいけない。

「これ以上、娘が巻き込まれるようなことはごめんです。加害者の話を書きたいのなら、わたしたちとは関係のないところでなさってください。迷惑なんです」

このまま話を続けて、下手に口車に乗せられては困ると、美夏は電話を終えた。

学校で、話題になってはいないだろうか。

そう思いながら、美夏は紗季の帰宅を待っていた。着替えも済んでいない紗季を、リビングのソファに連れていく。隣に座り、紗季に訊ねた。

「週刊茶話？　そんなの読む人いないよ」

紗季は首をひねってから、否定した。

「先生や親御さんが読むかもしれないじゃない。紗季のことってわかってしまうかもしれない」

美夏の言葉に、紗季が目を伏せて唇だけで笑った。

「心配しなくていいよ。自分でなんとかする」

声の調子が暗いような気がして、美夏は紗季の顔を覗きこんだ。

「どういうこと？　誰かがもう紗季の噂をしてるの？　Twitterにもいっとき動画が載ったし、それのせい？」

違うよ、と紗季が手を横に振る。そしてなだめるような笑顔を見せた。

「ママも高校生ぐらいのころ、電車で痴漢に遭ったことはあるよね。そういう人は何人もいるじゃない。すごく嫌だけど、誰もそんなのに慣れたくないけど、特別ってわけじゃないでしょ。だから私が被害者だとわかったところで、誰も騒ぎたてないよ。ひどい目に遭ったね。元気を出して。捕まえられたんだね、よかったね。そんな反応だと思う」

「それはそうかもしれないけど……。ママはぷりぷり怒って友達に愚痴るほうだった。でもめそめそ泣いてる子もいた。紗季はどちらかというと泣くほうだから心配で」

紗季の手を、美夏は両手で握る。

「だいじょうぶだよ。もう捕まったんだし」

紗季がもう一方の手で美夏の手をゆっくりとほどいた。もう一度笑いかけてくる。

「じゃあ宿題があるから、夕食まで勉強してるね」

紗季が自室に消えていった。その扉を、美夏は叩きたくてたまらない。

言いたいことはわかる。だけど紗季のようすはおかしい。美夏に向けてきた笑顔だって、どうにもぎこちなかった。

美夏は、吹奏楽部の練習で遅く帰ってきた麻衣をつかまえ、同じことを訊いた。

「噂？　知らない」

それだけ答えて自室に引っこもうとする麻衣を、美夏はなんとか止める。麻衣はもう、美夏と一緒にソファに座ってくれないのだ。

「ちょっと気をつけてあげてくれる？」

「気をつける？　どうやって」

「学校での紗季を観察して見守って」

はあ？　と呆れたようすの声が戻ってきた。

「学年が違うから観察なんてできない。なによりあたしのほうが妹。見守るもなにもないでしょ」

「そんな冷たいこと言わないで。麻衣のほうがしっかりしてるじゃない。ひとりでなんでもできるし」

気も強いし、という言葉は飲みこんだ。だが麻衣は察したようだ。

「おねえちゃんの気が弱いのは、お母さんが手をかけすぎたからだよ」

「麻衣！」

「はいはい。できる範囲でね。着替えてくる」

麻衣は片手を頭上まで上げて、ひらひらと振った。


週明けの月曜日、美夏が出勤のために身支度を整えているとスマホが鳴った。伏見駅から、紗季の体調不良を知らせる連絡だった。迎えにきてほしいという。

慌てて駅の事務室に出向くと、多少は血の気が引いているものの、朝と同じようすの紗季が椅子に腰かけて待っていた。

「紗季、気持ちが悪かったの？　どこか痛かったの？」

美夏が訊ねると、紗季が困ったような笑みを浮かべる。

「過呼吸を起こされたようですね。もう落ち着かれましたが念のため、連絡させてもらいました」

駅員の制服を着た男性が、説明をくれる。

「過呼吸……そんなこと一度もなかったのに」

「お母さんが迎えにきてくれたからもう安心だね。じゃあ気をつけて帰ってね」

駅員が紗季に声をかけた。紗季が立ち上がり、一礼をする。美夏も深く礼をした。

地下鉄の通路に出てから、どの方面に向かおうかと美夏は立ちどまる。

「過呼吸って、どこの病院に行けばいいのかしら。それともいったん家に帰る？」

そう訊ねると、紗季は頭を小さく横に振った。強張《こわば》った表情をしながらも、答える。

「学校に行く」

「駄目よ。原因をはっきりさせなくちゃ」

「……わかってる」

紗季がうつむく。唇が震えていた。

「わかってるって、どういうこと？」

「あの男がいた」

「え？」

「地下鉄……東山線に乗り換えたら目の前にあの男がいて、目が合って、びっくりして慌てて降りたんだけど、頭がうわーってなっちゃって、なんだかよくわからないうちに息が苦しくなったの。でももうだいじょうぶ。学校に行ける。ママも今日は仕事の日でしょ」

「仕事は休んでもいいのよ」

「休む必要はないよ。普通に行けるから平気」

紗季がほほえむ。美夏にはそれが痛々しく感じられた。

人工の光に照らされている通路が、妙に暗くなったような気がした。あの男と示談をしたのは失敗だった。紗季の将来を考えてのことだったけれど、肝心なことに思い至らなかった。世間に出てくれば、当然、今までどおり会社に出勤するのだ。

紗季と鉢合わせすることもあるだろう。

加害者が平然と地下鉄に乗り、被害者が怯えて降りなくてはいけないなんて。

「わかった。じゃあ明日からはママと一緒に地下鉄に乗りましょう」

紗季が驚いた顔で見てくる。

「だけどそれだとママが」

「紗季の登校時間より、仕事がはじまる時間のほうがずっと遅いからだいじょうぶ。がんばって女性専用車両に乗れば地下鉄の中では会わなくて済むけれど、ホームで会ってしまうのも嫌でしょう？　でもママがいれば安心安全。違う？」

うん、と紗季が小さくうなずく。ほっとしたような表情になっていた。

翌日の火曜日、美夏は紗季と連れ立って地下鉄に乗った。麻衣は吹奏楽部の朝練ですでに家を出ていて、博正も早い。

鶴舞線から東山線へと乗り換えるための長い階段を、美夏も緊張しながら進む。いつも周囲の流れに沿って無意識で歩く通路も、どこか違って感じる。

痴漢に遭っていたという二、三週間もの間、紗季は死地に赴くような気持ちで歩いていたのではないか。そう思うと、美夏は紗季を抱きしめたくなる。せめてと手を伸ばし、つないだ。紗季も握り返してきた。

「女性専用車両に乗れる?」

訊ねるも、紗季は、弱々しく首を横に振る。やはり苦手なようだ。

「じゃあ昨日とは別の車両に乗りましょう。どのあたりが空いてるかしらね」

紗季が手を離して、ホームを先へ先へと進む。車内はひとつ手前の名古屋駅ですでに満員になっていて、伏見駅では降りた人の分だけしか乗れない。ふたりは一本やりすごし、二本目にやってきた地下鉄に乗りこんだ。背後から人が来ていたので、中のほうへと進んでいく。コートの季節とあって、黒い服装が目立った。けだるそうな表情の人、狭くても無理な体勢でスマホを睨んでいる人、イヤフォンから音を漏らしている人、みな、しばしの苦行に耐えている。

紗季の、息を呑む音がした。

「どうしよう。いる」

怯えた目を向ける先には、高奈篤志がいた。なぜ会ってしまうのだ、と美夏の頭がカッと熱くなる。

「戻ろうか。次のにしよう」

そうは言ったものの、乗客は次々に乗りこんできてとても戻れるような状態ではない。逆に押し込まれて近づいてしまう。扉も閉まった。

「なんとか向こうに行こう」

「声、出さないで。気づかれたくない」

紗季が小声で言い、身体を反転させた。視界に入れたくないのだ。美夏の手を取り、強い力で握ってくる。汗ばんでいた。

「だいじょうぶだからね。ママがついてるからね」

手をつながれたせいで、美夏は身体をひねることができない。視線はどうしても高奈に向いてしまう。仕方がないとしばらく眺めていた。

高奈は、美夏たちに気づいていないようだ。目を細めながら揺れに身を預けている。高奈の前には、小さな頭があった。まっすぐなショートボブの頭が、どんどんとうつむいていく。

まさか、と思って美夏は身体の位置をずらし、ショートボブの人の顔を見る。

居眠りをしているわけではないようだ。苦しそうに目をつむっている。首を肩にめり込ませるように縮め、強張らせていた。

「ちょっとあなた、なにしてるのよ！」

美夏は紗季の手をふりほどき、なんとか人と人との間に身体をこじ入れて高奈の肩に手を伸ばした。その寸前、「おい踏むなよ」と誰かの声がしたが、振り向かず、高奈の顔を睨みつける。

「……あ、あんた」

高奈の顔がひきつる。

と、そこで次の栄駅に着いた。人が波になって動く。この駅で降りる人は多い。

「ちょっと来なさいよ。あなた、今、痴漢したでしょ」

「違……、誤解だ。知らない」

顔を赤くした高奈が、つかまれたほうの肘を上げて美夏の手から逃れる。

「見てたわよ！　ほら、降りなさいよ」

「僕はここでは降りない」

誰かが舌打ちをしながら、美夏に鞄をぶつけて降りていく。車両の中央に立ちふさがっているふたりは、降車の邪魔になっているのだ。

「だ、だいたいなんの証拠があるんだ。あんた、さっき人の足かなにか踏んできただろ、声が聞こえたぞ。ってことは距離があったってことだ。見えてない」

それは、と美夏はひるむ。小さな頭の持ち主は、いつの間にか消えていた。降りていったのだろう。

「言いがかりつけるなよ。人を痴漢呼ばわりして」

「ち、痴漢は痴漢じゃないの。あなたのせいで娘がどれだけ怖い思いをしたと」

「無関係だ！」

高奈が胸を張る。

「なにを開き直ってるのよ。捕まったくせ——」

発車を知らせるベルが鳴ったとたん、突然高奈が、乗車して奥に進もうとしている人たちを押しのけて降りた。え、と思ったときにはもう扉は閉まりかけている。

「ここでは降りないって言ってて……逃げた……」

呆然《ぼうぜん》として、美夏はつぶやく。

扉は閉まり、地下鉄は動きだす。

紗季がそばにきて、小声で「ママ」と呼び、手を引いてきた。

「隣の車両、行こ。みんな見てる」

立っている乗客は多いものの、それなりに隙間のできた車内で、美夏に視線が集まっていた。

「そうね。だけどママ、たしかにあの男は痴漢をしたと思ってる。逃げたのが一番の証拠じゃない」

憤慨しながら、美夏たちは人の間を抜けていった。騒ぎを見ていただけあって、みなが身を引いて避けていく。それでいながら、見ていなかったかのようにそそくさとうつむいていた。

ツバの落ちているバケットハットを深めに被り、ゆったりしたポンチョコートを着た女性が、最後まで視線を向けてきていた。

12

篤志は降りていったのだからもう必要はないと、琴絵はバケットハットを脱いだ。さっきまで車内は満員だったからさすがに暑い。驚いたせいもあって頬がほてっている。息も苦しく、コートの前を開けた。

琴絵はここ何日か、篤志をつけていた。

時短という理由で今も別々の出勤時間なので、琴絵がすぐあとを追っていることに篤志は気づかないままだ。

篤志が地下鉄の中でどうしているのか知りたかった。また痴漢行為に走ったりはしないだろうかという不安が、ずっと頭から離れないのだ。妻の自分が見極めなくてはと思ってはじめたものの、気づかれると困るので下手に近寄れない。自分のやっていることに意味はあるのだろうか、もうやめようか、そんなふうに感じていたところでさっきの騒ぎだ。

それにしても、篤志の態度はひどかった。

琴絵は大きく息をついた。深呼吸、深呼吸、と頭の中で繰り返す。

痴漢をしていたのだろうか。琴絵の位置からそのようすは見えなかったけれど、篤志の前にいたショートボブの女性は、身を強張らせて青ざめた顔で降りていった。あの女性を見る限り、被害はあったように思える。

篤志を責めた女性は、篤志が逮捕されたときの被害者の母親だろう。ひとめで親子とわかるそっくりな娘は、M女学院の制服にストレートの長い髪で小柄という、顔はぼかされていたものの動画で見た容姿と一致する。

たしか夏川紗季さん。とてもきれいな子だ。

母親も、ほとんど化粧をしていないけれど美人だ。どこかで見たような気がするのは、きれいな人はみな似て見えるからだろうか。

そんなことが気になってしまうのは、おなかの子が女の子だとわかったからだ。美醜に囚《とら》われるのはよくないけれど、できればかわいく産んであげたい。

そして、まっとうな親の元に生まれてきてほしかった。

あんな男が父親だなんて。あんな罵倒をする人だったなんて。

自分が加害行為をなした女の子の母親に対して、あの言い方。ふんぞりかえって、しまいには逃げて。

恥ずかしいし悲しい。

鼻の奥につんとしたものがやってきた。ここで泣いてはいけない、と思ったころに次の新栄町駅についた。琴絵が降りるべき駅だ。人の列から遅れながらよろよろと歩く。ぼんやりとしながら改札を抜ける。

琴絵は壁にもたれかかり、はたと思いだした。篤志は次の地下鉄に乗ったことだろう。この時間の運行間隔はわずか二、三分、すぐに駅に到着する。ぼやぼやしていると、自分がいることに気づかれてしまう。カフェにでも隠れて、時間を調整しないと。琴絵は足を速める。

駅のそばにあるスターバックスに入って、デカフェを注文した。カップを持って席に着いた瞬間、目の前が暗くなった。

お客さま、という店員の声で我に返ったが、数分ほど経過していたようだ。気のせいか、目の前がふわふわ揺れている。貧血だろう、と思いながらおなかを撫でる。

たぶん、貧血。たぶん、ストレス。

昨夜はあまり眠れていない。

篤志が釈放されてからはじめて、セックスを求められた。気乗りはしないが応じるしかないと緊張していたら、胸元に手が入れられたとたんに、吐き気をもよおしてしまった。篤志を突き飛ばすようにしてトイレに走った。戻ってきたとき、篤志は不満げだった。もう一度抱き寄せられたので体調が悪いと断ったが、なかなか納得してくれない。眠るからとベッドに入って背を向けた。篤志は隣のベッドでなにかごそごそとしている。もしもこちらに入ってこられたらどうしよう、そう思うと眠れなくなった。

触られるだけで気持ちが悪くなるなんて。自分をまさぐるこの手が痴漢を働いたのだとつい想像してしまい、ぞっとしたのだ。

もう嫌だ。一緒に暮らすことさえも苦痛だ。子供のためにもよくない。

だけどそのあとの生活はどうなる？　とそこで琴絵の思考は止まる。離婚するなら早いほうがいいと思いながらも、動けない。

13

恵理子を乗せた地下鉄が、M女学院の最寄り駅に着いた。髪の長い女子高生と母親のふたりは揃って降りた。恵理子もうしろからついていく。改札口に向かう階段の手前で、ふたりは手を振って別れた。階段を上るのは女子高生のほうだけ。母親は反対側のホームの地下鉄に乗るようだ。娘を送りにきただけで、そのまま帰るのだろうか。

どちらをつけよう、と迷いながらも恵理子は、ついつい顔がにやけてしまう。やっと被害者を名乗る女子高生に辿りついたのだ。写真も撮った。

M女学院の近くで顔のぼかされた写真を見せてくだんの女子高生を探していたが、わからないと答えてくれるのはまだいいほうで、たいていは無言で避けられていた。そこで恵理子は作戦を変えた。高奈篤志のほうを張ることにしたのだ。

彼の顔は、高奈物産のサイトで確かめてあった。

名刺の写真が載ったときに取り沙汰されていたのに、サイトの写真はそのままにされていた。消すとかえって疑われるとでも思ったのかもしれない。

高奈は、先週の水曜日に会社に現れた。示談が成立したのだろう。恵理子はそういった知識もネット検索によって得た。会社の跡取り息子なら、優秀な弁護士もついていたに違いない。

高奈物産のビルの前で待ち、彼ひとりで地下鉄に乗ったことを確認してから本人に突撃した。高奈はふざけるなと怒ったが、恵理子が痴漢で捕まった男だと叫ぶと脅し、「みなさーん」と大声を出して注目を集めたとたんに、嘘だろうとぶつくさ言いながらなだめに転じた。隙を見て逃げようともしていたが、力は強い。恵理子だって負けない。ファミレスではビールケースだって運ばされたのだ。高奈の腕をつかみ、祥平が死んだ日を伝え、どこにいたのかを答えるよう迫った。高奈は、気味悪そうにしながらも、スマホから写真を見せてきた。

新幹線の窓から撮った富士山だ。その日は東京への出張で、きれいに見えると周囲の乗客が騒いでいたので自分も撮ったという。ここを見ろと指さす写真の欄外に、撮影の日時が載っていた。祥平の命日だ。乗車時間を考えると、上社駅まで来るのは難しそうだ。

引きさがった恵理子だが、家に帰ってネット検索をしてみると、スマホに表示される撮影時間は変えられることがわかった。それではアリバイなど成立しないではないか。自分の身代わりになった祥平が死んだと知り、怪しまれたときのために写真を用意しておく。真犯人ならそのぐらいやるだろう。これでは真実がわからないと、悔しさがこみあげる。

騙したなと詰《なじ》っても、新たな言い逃れを用意しているかもしれない。今度は確実な証拠をつかんでから責めよう。恵理子は再び高奈物産を張り、ようやく金曜日に高奈の尾行に成功して、住まいを割りだした。月曜日は朝からあとをつけてみる。

しかし彼は新栄町駅で降りてしまった。上社駅やその先までは行かない。

だが今日、まさかの展開だ。被害者とその母親までもが現れるとは。自分には神がついているのではないか、神もまた、祥平をかわいそうに思っているのではないか。

恵理子は母親のほうをつけることにした。娘は登校するだけだからだ。はたして反対方向の地下鉄に乗った母親は、乗り換えを経て、浄心駅で降りた。ここはきっと自宅の最寄り駅だ、と恵理子は確信する。満足の笑い声を出しそうになり、慌てて気を引き締める。振り向かれてはいけない。

母親は駅から先の道を迷わず歩いていく。ほどなく近くのマンションへと入っていった。ビンゴだ。

すぐうしろにいては気づかれると、恵理子は距離を取っていた。タイミングを見てエントランスに入ったものの、オートロックの扉に阻まれてしまう。舌打ちが出た。すれ違いで入れないか待ったが、誰も出てこない。恵理子はマンションのバルコニー側に回った。今日はいい天気だ。あの母親、洗濯物を干すかもしれない。そこから部屋番号がわかるかも。

バルコニーを見上げて、恵理子は自分の計算違いに気づいた。離れないと上の階まで見られない。しかし離れようとすると向かいの建物が邪魔をする。

仕方がないと戻ったところ、マンションから人が出てきた。三十代くらいの女性だ。タイミングを逃したと歯ぎしりしつつもその人に声をかける。

「ここのマンションの方ですか？」

恵理子は相手の返事も聞かずにスマホを差しだした。液晶画面にさきほどの娘の写真を表示させる。

「この子を捜しているんですが、何号室でしたっけ」

女性がいぶかしげに恵理子を見てくる。なぜそんなことを訊くのかと問われているような気がして、頭を働かせる。

「え、えーっとお礼が言いたいんですよ。あの、捜し物……そう、捜し物をしていたときに手伝ってくれて。とても親切なお嬢さんで、でもお名前をうかがえなくて」

週刊茶話の記事をヒントにした。「SNSで動画拡散」「痴漢」という文字を新聞の広告に見つけて、すかさず読んでいたのだ。

「すみませんが、わかりません」

女性はそっけなく背を向けた。足早に去っていく。

言い訳っぽい、と不満を覚えながら恵理子はなおマンションの前で張る。だがそれ以上は誰も出てこない。周囲をうかがうも、通勤や通学の時間は過ぎていて、通行人も少ない。

恵理子は近くのコンビニに入った。ペットボトルをひとつ手に取り、さきほどと同じ写真を見せながらレジの店員に訊ねる。

「この子を捜してるの。すぐそこのマンションの子。知らないかしら」

店員は十代から二十代ほどの男性だ。あの娘は美人だから、関心を持たれているのではと期待した。

「いえ」

無愛想なようすで、ろくに目を向けもせずに言う。

「よく見てよ。こんなかわいい子、知らないわけないじゃない。お礼はするから」

「知りません。お支払いは現金ですか、電子マネーですか?」

恵理子は別の写真を見せながらもう一度訊ねたが、店員は白けた目で首を横に振るばかりだった。

時間帯が悪いのかもしれない。高校生は平日の午前中にコンビニに立ち寄らないだろう。帰り道を張ろうと、恵理子は下校時間を狙ってM女学院に向かう。一時間待ってやっとくだんの娘が出てきた。ひとりだ。突撃しようかどうしようかと迷い、高奈のように怪しげなアリバイを主張されては困ると、まずは証拠を固めることにした。

娘は朝とは反対方面の地下鉄に乗った。家に帰るのだろう。この子と一緒にマンションのオートロックを抜けよう。

と、ぼんやりとスマホを眺めていた娘が、突然、地下鉄を降りた。乗り換え駅まではまだあると思っていた恵理子は、慌てて追いかける。尾行に気づかれたのだろうか。しかし娘は急ぎもせず、改札を抜けて奥へ奥へと通路を進む。恵理子は降りてからここが千種《ちくさ》駅だと気づいた。JR線やバスターミナルといった案内が見える。どこに行くつもりだろう。

地上に出た娘は歩くテンポを変えることなく、立ち並ぶビルのひとつに向かっていく。学習塾の看板が見えた。そういえば千種は塾や予備校の集まる地域だ。今から勉強をするつもりなのか。数時間はかかるだろう。待てる場所はあるだろうかと恵理子は周囲を見回す。

「夏川さん！」

恵理子の脇から男の声がした。軽やかに娘のほうへと駆けていく。

「小瀬くん」

娘が振り返って笑顔を見せた。男——男子生徒だ。R高校男子部の制服を着ている。

ふたりはテキストがどうこうと話をしながら、学習塾の自動ドアの向こうに消えた。

逆転ホームランだ、と恵理子はほくそ笑んだ。夏川か。下の名前もいずれ知ることができるはずだ。今日は朝からいっぱい探ったし、戻るとするか。

小瀬と呼ばれた男子生徒が、あの動画に映っていた子ではないかと気づいたのは帰りの地下鉄に乗ってからだ。彼の写真も撮っておけばよかったと恵理子は悔しさを覚える。だが夏川親子の写真はたくさん撮っている。まずは収穫を喜ぼう。

恵理子が家に戻ると外灯がついていた。玄関には踵《かかと》の崩れた俊介の靴がある。どうしたのと声をかけると、仕事で近くに来たのでと言う。そして突然、右手をつきだした。

「スマホ貸して」

「なによいったい。自分のを忘れてきたの？　だから連絡くれなかったの？　言ってくれれば夕食ぐらい用意したのに」

恵理子はなにも考えず、スマホのロックを解除して俊介に渡した。俊介が指をすばやく動かしている。

「これ、誰？」

俊介が液晶画面を恵理子に向け、掲げてきた。表示されているのは写真だ。最近の項目として、夏川親子の写真がずらりと並んでいる。

「マンションの写真も。……ここに住んでるってことか？　浄心駅ってことは西区まで行ったんだな。うちから一時間ほどはかかるだろ」

「返して。それが見たかったの？」

恵理子は手を伸ばすが、俊介は手を頭の上に持ちあげてしまった。まったく届かない。

「今日は祥平の盗撮のデータを消すために来たんだ。証拠隠滅になるから本当はいけないことだけど、ネットには上げていないようだったし、オレだって祥平を告発したくなんてない。そう思ってパソコンを見たら、びっくりだよ。母さんまで誰かを盗撮してるじゃないか。相手、オレと同世代ぐらいの男だけど、その人の住んでるマンションも。で、今日は女子高生とその母親？　どういうことなんだよ」

高奈を動画で撮っていたら容量がいっぱいになってしまったので、スマホのデータをパソコンに移したのだ。自分はこんなこともできるようになったと自画自賛していたところだったのに、まさか俊介に見つかってしまうとは。

「答えてよ。この人たち、誰？」

恵理子はどう説明しようかと悩む。

「言わないと消すよ」

俊介が頭の上で写真のアプリを削除しようとしている。「待って」と恵理子は叫んだ。せっかく撮ったのに、今日までの努力が水の泡ではないか。

「祥平を嵌めた犯人かもしれない。だから調べてた」

「この間言ってたTwitterの動画の話？　本気で捜してたの？」

「そう。俊介は無理だって言ってたけど、ちゃんと関係者を見つけたんだから」

「スマホにあった女子高生がそのときの被害者ってこと？　男のほうがその痴漢？　それ、どうしてわかったんだよ」

俊介は呆れたような顔で訊ねてくる。自分がここまでできるとは思わなかったんだろう。恵理子に少しだけ自慢する気持ちが生まれる。

「ほんのいっときだけど名刺がTwitterに出たのよ。会社名がわかったから、会社からつけた。そいつ高奈って名前。直接訊ねたけどアリバイがあるって言われた。でもそのアリバイは捏造もできるものだったの。絶対に怪しい」

「アリバイ？　捏造？」

「詳しい話は省くわね。証拠になるものを見つけられるかもしれないと思って高奈をつけていたら、今日は偶然、被害者の女の子と母親が同じ地下鉄に乗りあわせていてね、トラブルまで起こしたのよ。だから今度はその子、夏川って名前の子のことも——」

「ちょっと待った！　それ、根本的に間違ってないか？」

俊介はスマホを持ったまま、もう一方の手を前にして車をストップさせるようなポーズを取る。

「どこがよ」

「彼女らの事件は、たしか伏見から栄に向かう地下鉄で起きたんだよな？　西から東に進む下り線だ。祥平のは藤が丘から上社に向かう地下鉄、東から西に進む上り線で起こったできごとだ。栄から上社までは十駅、約二十分だ。それぞれ反対の方向からその十駅の間にある会社や学校に向かうわけだろ、交わりようがないじゃないか。どう考えたって別の人物だ」

「たまたまこっちのほうに来てたかもしれないじゃない」

「朝だぞ？　通勤通学の利用者だぞ？　誰がそんな暇なことするかよ」

「仕事があって来てたとか、友達の家に泊まっていたとか。そうだ、高奈を捕まえた動画にはもうひとり女子高生が映ってたのよ。その子の家がこっちにあるのかも」

「もうひとりの子も下り線に乗ってたんだろ？　だったら家は伏見より西方面に決まってる。いいかげんにしてくれよ。冷静になれって」

スマホを持つ俊介の手に向けて、恵理子は飛びあがる。だが俊介は手をうしろへ隠した。

「これは消す。母さんのやってることはおかしい。まさかこんなことしてるなんて思わなかったよ。ちょっと考えれば、上りと下りだから違うってわかると思ってたのに」

「やめて！　勝手に消さないで。それに高奈も夏川も住んでるところがわかってるからまた撮れる」

「……勘弁してくれよ」

「わずかでも可能性がある以上、私は調べるから」

ありえない、ありえる、と恵理子と俊介の話は平行線だった。

14

「あなたとなにを話したらいいのかわからないのですが……」

そう言われ、「すみません」と琴絵は頭を下げる。

夏川家の住所と電話番号は弁護士の川端から教えてもらった。直接謝りにうかがいたいと連絡すると、被害者の母親の美夏は「必要ない」とすげなく言い、電話を切られそうになった。どうしてもと何度か頼みこみ、やっと彼女とだけ会うことを許してもらった。

だが娘たちの目に触れさせたくないと、カフェを指定された。夏川家の近所ではなく、栄のデパート近くの店だ。出向く用があるので、帰りに時間を取ってくれるという。午後三時という約束だったので、琴絵も早引けした。ここは相手に合わせなくてはいけない。

「一昨日の朝、お嬢さんと一緒にいらっしゃるところをお見かけしました。夫が大変失礼なことを申して……、本当にすみませんでした」

目の前に置かれたホットミルクのカップに髪が入るほど深く、琴絵は再び頭を下げる。

「あなたもあの地下鉄に乗っていたんですか？　妻と一緒にいたのにあんな――」

「ちょっと違うんです」

美夏の呆れた声がしたので、琴絵は慌てて口をはさんだ。顔を上げる。

「あたしは隠れていたんです。自分の知らないところで、夫がどうしているかを知りたくて。最初、夫がお嬢さんにいけないことをしたと連絡があったとき、仰天しました。そんな人じゃないと思っていたから。でも不安で、だからたしかめようと」

美夏はまだ呆れたような表情をしていた。琴絵は続ける。

「……それで、一昨日のようすを見て、ちゃんと謝らなくてはいけないと思ったんです」

「お気持ちはわかりました。ただ、あの場にいらしたならわかるでしょうが、あの方は反省していないんじゃないですか？　娘は、その前日の月曜日にも偶然会ってしまって、過呼吸を起こしたんです。それでわたしがついていったわけです」

「はい。……反省、していないのかもしれません。あたしも、もうどうしようかと」

美夏は眉をひそめている。

「どうしようもなにも、ご家族なんだから、なんとかなさってください。またどこかで会ってしまうかと思うと、恐ろしくて娘を通学させられない。そういう思い、わかりますよね？」

「はい。ですよね……。でもどうすればいいのか。離婚も考えているんですが、それも難しそうで」

「離婚って。えーっと」

「おなかに子供がいて。だから難しいんじゃないかって」

真面目な顔をした美夏が、じっと見つめてくる。

「離婚できなくもないとは思いますけどね。その気があれば」

「そうなんですよね。悩んでいます。子供、女の子みたいで……。まだ夫にも誰にも言ってないんだけど、女の子の父親があんなことをって、将来、娘が知ったらどう感じるのかと、そう思うともう耐えられなくなってしまって」

「男の子の父親でも駄目ですよ」

冷たい声でぴしゃりと言われた。

「すみません。そうですね。そうなんだけど、妊娠のせいか、もう頭がぐちゃぐちゃで、感情の上下が激しくてすぐ泣いてしまうし。ずっと子供がほしくて、夫もすごく喜んでいたというのに、どうしてって」

琴絵は視界がにじんでいくのを感じた。窓際に飾られているグリーンが、その輪郭をぼやけさせていく。

はー、と美夏が長いため息を聞かせてきた。

「はっきり言います。あなたたちが離婚しようとしまいと、うちには関係ないんです。あの方を反省させて、二度といけないことをさせないようにしてください。いえ、すべきでしょ。それがご家族からの謝罪というものじゃないんですか？」

「……はい」

琴絵は身を縮める。勢いで美夏との約束を取り付けたものの、自分でもちゃんとした謝罪ができていないと思う。

「申し訳ありません。あたしが身を挺《てい》してでも、ご迷惑のかからないように」

「身を挺し……って。失礼だけど、治療をなさったほうがいいんじゃないでしょうか」

「治療？　病院はかかっていますが」

無意識のうちに、琴絵はおなかに手を当てた。

「あなたじゃなくて。痴漢行為の衝動を抑えるための治療です。わたしも詳しくはないけれど、そういうのは一種の心の病気とも聞きます。専門のクリニックで診てもらったほうがいいと思いますよ」

「行ってくれるといいんだけど……」

美夏が、また呆れたような目で見てきた。

「……す、すみません。行くように説得します」

自分もまたメンタルクリニックに行ったほうがいいかもしれない。妊娠してからは行っていない。

「そうしてください。まあ、なんていうか……あなたが混乱したり困ったりする気持ちは、想像できますよ。自分がコントロールできないところで事件が起こったのだから。離婚するかどうかも、わたし自身が同じ立場になれば、やっぱり悩むでしょうし」

「わかっていただけますか」

嬉しい、という気持ちが先に立ち、琴絵は身を乗りだす。

「想像できると言っただけです」

美夏が苛立つように口調を強めた。

「だけどあなた、勘違いしてませんか。あなたは自分が夫に巻き込まれたと思ってるでしょうが、本当に巻き込まれたのはうちです。うちの娘と家族なんです。そこ、わかってますか？」

「はい。……すみません」

琴絵は身を縮める。

「お話、もういいですか？　わたしそろそろ失礼しますけど」

はい、と琴絵はまた一礼した。お詫びとしてデパートで買い求めたばかりの菓子折りを渡す。要らないと固辞されたが、どうしてもと押しつけるように渡した。カフェの前まで出ていって見送る。

広い歩道を、ベビーカーを押した女性と夫らしき男性が連れ立って歩いていた。楽しそうな談笑の声が近づいてきて、やがて琴絵のそばから離れていく。平日が休みの仕事なのだろうか。自分も篤志と一緒にそんな休日を過ごすことを夢見ていたのに、と悲しくなる。

ふう、とため息が出た。美夏の言うとおりだ。

突然のことで右往左往するしかなくて、自分は被害者だと思っていたけれど、彼女たちからみれば加害者側だ。自分は加害者家族なのだ。なにを愚痴っているのだとどならなかった彼女は優しい。

謝りたいという自分の気持ちにつきあわせてしまった。

申し訳なく思いながら、一方で、どこか心が軽くなった気がするのもたしかだった。謝ってすっきりしたというだけではない。今まで誰にも言えなかったこと、離婚も考えているという、その不安で揺れる気持ちを吐きだすことができたからだ。

篤志が痴漢をした、それを誰に言えるというのか。

会社の人は薄々気づいているようだが、なにも言ってこない。下手に愚痴などこぼせない。友達にも言っていないし、心配されるので実家にも伝えていない。琴絵には、頼る相手がいないのだ。

琴絵は、軽くなった肩をゆっくりと回した。問題はまったく解決していないけれど、今日はなにか美味しいものでも買って帰ろう。少しはストレスも和らぐはずだ。子供のためになることをしなくては。

荷物をまとめ、美夏と会う前にも寄ったデパートに、もう一度向かう。

15

変な女だったと思いながら、美夏は家への道を急ぐ。

スマホのリマインダーから歳暮の手配を消し、年賀状印刷、と新たに書き込んだ。

今日の家族の予定を確認する。

紗季は塾で遅いけれど、麻衣は部活が終わればそのまま帰ってくる日だ。テナーサックスなんて大きな楽器を吹くせいか、よく食べる。やめたら太るのではと心配なほどだ。夕食の肉は冷凍室から冷蔵室に移してある。あとは作り置きのおかずを出して、と頭の中でメニューを組み立てる。

リビングの扉を開けると、紗季がソファに座っているのに気がついた。

紗季は制服のままだった。夏川家は、帰宅するとすぐに着替えるのを習慣にしている。壁側に置かれたテレビのほうこそ向いているが、画面にはなにも映っていない。美夏は「紗季？」と声をかけながら正面へと回りこんだ。紗季は力のない目を宙に向けて、ぼんやりしている。

「どうしたの？　塾は？」

不審そうな表情を浮かべた紗季が、「あ！」と叫んだ。

「忘れてた……。帰ってきちゃった」

「帰ってきちゃったって。制服、着たままよ。今から塾、行く？　なにか食べてからにする？」

うつむいた紗季は、自分の服をじっと見つめた。

「いいや。なんかちょっと」

紗季がかぼそく笑う。

「……そう。じゃあ着替えて。ごはん作るの手伝ってくれる？」

わかったと言って自室に入ったものの、紗季はなかなか出てこない。美夏は部屋の扉を叩いた。許可を得て扉を開けると、紗季はトップスだけ着替えたもののボトムスは制服のスカートのままでベッドに座っていた。険しい表情をして、両腕をかかえてじっとしている。

「まさか帰る途中であの男に会ったの？」

「……会ってない」

少しでも会わないようにと、紗季は昨日から通学のルートを変えた。市営地下鉄には、東山線と途中まで平行する桜通《さくらどおり》線という別の路線がある。本数が少なく、乗り換えの回数も増えて時間がかかるが安心には変えられない。学校と塾の間にある駅で乗り換えるので、塾からの帰りは今までどおりだが、それ以外は会わずにすむ。

ただ、痴漢で怖い体験をした人は、背後に男性が立っただけでもぞっとすると聞く。いわゆるPTSDだ。あの男を見かけただけで過呼吸を起こした紗季だ。それを発症しているのではないだろうか。

美夏は部屋に立ち入り、紗季の隣に座った。

「だったらなにがあったの？　どこかで怖い思いをしたの？」

「なにも……。あ、東山線を乗り続けたまま西の終点近くまで行った」

「はあ？」

美夏の言葉の途中で紗季が立ち上がった。自分の両頬をパンパン、と手で叩いている。

「着替える。走ってくる。自転車の鍵借りるね」

突然、紗季ははっきりした口調になった。しかし美夏は止める。

「よしてよ。もう暗くなるし、さっきみたいにぼーっとしてたんじゃ事故に遭うでしょ」

「もうだいじょうぶ。気持ち、切り替えたいの」

「だからなにがあったのよ」

紗季は制服のスカートの下にジーンズを穿いた。さっとはらってスカートを床に落とす。

「ねえ、紗季。話してちょうだい」

「なんでもない。すぐ戻るから」

紗季は背を向け、クローゼットからコートを探している。無理やり止めるわけにもいかず、美夏は紗季の部屋を出た。ほどなくして紗季は玄関を出ていった。壁に設えた鏡で自分の姿をたしかめることすらしていない。
三、四十分ほどして家に戻ってきた紗季と一緒に料理を作りながら、美夏は手を替え品を替えて訊ねてみたが、紗季はだいじょうぶと繰り返し、答えようとしない。麻衣の帰宅を待って三人で夕食を取り、入浴を終え、勉強すると言って部屋に入っていくまで、ふだんどおりのようすだった。

翌朝、紗季は起きてくるはずの時間に部屋から出てこなかった。

「学校、休む」

美夏が起こしにいくと、ベッドに入ったまま、疲れたような顔をしてそう言う。額に手を当ててるも熱はないようだ。

「具合悪いの？　もしかして眠れなかったの？」

「……うん」

そう言って、昨日の夕方と同じ、ぼんやりとした表情を返してくる。

「やっぱりなにかあったんじゃない。ねえ、PTSDって知ってる？　被害を思いだして不安になってるんじゃない？　病院に行ってみない？」

「行かない。そんなんじゃない」

「じゃあ学校でなにかあったの？」

「……ちょっとひとりにして」

紗季がふとんを頭からすっぽりかぶり、身体を隠してしまう。そばに置いていたぬいぐるみが床に落ちた。美夏はそれを戻し、紗季の身体をふとんごと揺り動かす。

「ママと話をしましょう」

しかし紗季は答えない。

「行ってきます！」

と、廊下から麻衣の声がした。麻衣は吹奏楽部の朝練があり、いつも紗季より早く登校する。美夏は急いで廊下へ出ていった。

「なに？　わざわざ見送ってくれるの？」

靴を履く麻衣が、不思議そうな顔になった。この時間の美夏は家事で忙しく、いつもはいってらっしゃいと返事をするだけなのだ。

「紗季のことなんだけど」

「そういや起きてないね」

「学校を休むって言ってるの。なにか知らない？　聞いてない？」

「知らないよ」

「見守っててってお願いしたわよね。昨日あの子、どこか変だったのよ。なにか気づかなかった？」

「全然。もともとなに考えてるかわかんない人だし。ちっちゃいトラブルぐらい、誰にでもあるんじゃない？」

トラブルがあったとしても、小さいか大きいかは本人にしかわからない。言いたいことをすぐ口に出せる麻衣は、小さいままで終わらせることができるのだろう。だが内気な紗季はそうはいかない。麻衣にはそれがわかっていないのだ。せっかく歳の近い同性のきょうだいなのに、と美夏は残念でならない。

「そのトラブルを知りたいのよ。お願い、麻衣。探ってみて。吹奏楽部に二年生の子がいるでしょ」

麻衣は不満そうに「えー」と声を上げる。美夏は手を合わせて再度頼みこんだ。

「わかったからもう行く。時間ない」

麻衣がそう言い捨てて、乱暴に玄関を出ていった。美夏はその背中に、駄目押しで「お願いね」と声をかけた。

自分の職場にも、体調不良で休みたいと連絡を入れる。

紗季は部屋から出てこない。トイレに出たときに声をかけたが、なにも言わずにまた部屋に籠ってしまう。朝食をどうするのか、昼食をどうするのか、それぞれ訊ねたが、食べたくないという返事だ。

麻衣からのLINEが入ったのは、学校の昼休みが終わるころだ。

【麻衣】——示談金の噂があった。けっこう高いお金をもらってる、お金目当てで犯人捕まえたんじゃないかって噂。13:25

一読して、美夏はめまいを感じた。慌てて紗季の部屋の前まで行ったが、扉を叩くよりも先に詳細を確かめねばとリビングに戻り、麻衣のLINEから通話のボタンをタップする。

「さっきのどういうこと？　もう少し詳しく話を聞かせて」

美夏が早口で訊ねると、麻衣は呆れたようなため息を漏らした。周囲からはざわついた音がしている。

「今、トイレの中。隠れてLINEしたんだからかけてこないでよ」

麻衣が小声で言う。スマホは学校に着いたら電源を落とし、校内では使わないのがM女学院のルールだと聞いている。けれどいちいちチェックされることはないらしい。生徒の自主性に任されているのだ。

「内緒でやってる人はいるでしょ。緊急の用件なんだから大目に見てもらえるはずよ」

「……詳しくもなにも、聞いたのはそれだけ」

潜めた麻衣の声が戻ってくる。

「誰から教えてもらったの」

「吹奏楽部の先輩」

「その先輩はいつ誰から聞いたの」

「さあ」

さあ、ではわからないと、美夏は苛立つ。もう一度訊ねるよう頼もうと口を開いたら、「ああ」と思いだしたような声がして、麻衣が先に話しだした。

「ちょっとまえに、変なおばさんが女の子を捜してたって。それは先輩じゃなくて先輩が友達から聞いた話。痴漢がどうこうって言ってて気持ち悪いから逃げたらしい。あなたのおねえさんのことかな、ってあたしも先輩から訊ねられた」

槙野だ、と美夏の頭に血が上った。なにが痴漢被害と結びつけるような訊き方はしてません、だ。記者なんて連中は、平気で嘘をつく。

「……お母さん？　もういい？」

「ごめんなさい、もう少し。それはいつのこと？」

「先輩の友達の話だから、わかんないけど、ちょっとまえって言うからには、昨日今日じゃないんじゃない？　ねえ、あとは帰ってからでいい？」

「もうひとつだけ。噂は蔓延《まんえん》してるの？」

麻衣がスマホの向こうで考えこんでいる。

「一年生のあたしは聞いていない。先輩は二年生だけどおねえちゃんとは別のクラス。三年生の先輩に訊ねてもいいけど、部活を引退してるから、わざわざ訊きにいくと噂を広めかねない」

たしかに麻衣の言うとおりだ。広まっているとしても同学年だけかもしれない。ただ、麻衣が妹だから、周囲が気づかって耳に入れないようにしているということはありえる。

「ありがとう。その二年生のほうの先輩に、もう少し詳しい話を聞いておいて」

美夏は礼を言って通話を終えた。

早速通話履歴から槙野を探しだし、怒りをこめて名前をタップする。

槙野は電話に出ない。槙野が、この学校には痴漢に遭った女子生徒がいるという情報をばらまいたも同然だ。先輩の友達は気持ち悪くて逃げたというが、逃げられたということはそれだけ多くの生徒に訊ねているということだ。痴漢に遭ったのは誰なんだと、訊かれた人は興味を持つだろう。そこに示談金というナマナマしい言葉だ。それは噂にもなる。嫌悪も生んでいるかもしれない。

二度、電話をかけたが、槙野をつかまえることはできなかった。

美夏はたぎる怒りを抑えながら、紗季の部屋の扉を軽くノックする。

「紗季、ちょっといい？」

そう問いながら薄く扉を開ける。紗季はまだふとんをかぶったままだ。

「さっき麻衣から、学校で噂をね……示談金の噂を小耳に挟んだって聞いた。本当？」

紗季が半身を起こした。美夏は入るねと断って、ベッドの横に勉強机の椅子を持ってきて座る。視線を合わせた。紗季は不安げに眉をひそめている。

「麻衣はなんて」

「詳しいことは聞いてない。麻衣にもよくわからないって。たまたま耳に入っただけみたいよ」

美夏は嘘をついた。二年生のほかのクラスの子にまで伝わっていることは、知らせなくてもいい。

紗季が視線を逸らし、宙を見つめた。それからゆっくりと、小さくうなずく。

「私も耳に入っただけ。……私だけずるい、みたいなこと言われた」

「なにがずるいの。紗季はすごく傷ついたじゃない。ひどい目に遭ったじゃない。被害はお金に換えられるものではないけれど、もらうことはずるくないのよ」

紗季がうつむき、そのままゆっくりと首を左右に振る。

「でも、痴漢に遭ったことのある子は私だけじゃないよ。その子たちはどうなるの？　傷つけられたままだよ」

だから、ずるいと？

示談金に対する嫌悪感だけじゃないのか。もらったことに対する妬みや嫉《そね》み、そんな感情も紗季に向かっているなんて。

「それはおかしいよ。悪いのは犯人。ほかの子を傷つけたのも、そのときの犯人でしょう。怒るべき相手はそっち。なぜそしりが紗季に向かうの。被害者同士で傷つけあっては駄目」

「……でも」

「そこは紗季、勘違いしないで。ずるいと詰ってくる相手に、悪いのは犯人だって、ちゃんと言わないと」

「無理……」

痴漢だと声を上げることは難しい。そう言っていたときと同じように、紗季は力なくうつむく。

「わかった。言えなくてもいい。だけど堂々とはしてなさい」

「でも、どうしても申し訳ないって思っちゃう」

ふとんの上に、しずくが落ちる。

「こっちを見てる人、みんながその話をしているような気がするの。なんか、怖くなって。息が苦しくなって」

「みんなが噂をしているなんていうのは、考えすぎだから」

「そうは思うけど、でも……」

紗季が肩を震わせる。美夏は椅子に降ろしていた腰を、ベッドへ移した。紗季を抱きしめて、背中をゆっくりと撫でる。

小さいころからずっと、紗季が泣くとこうしてきた。

痴漢の被害者だとわかったところで誰も騒ぎたてない。紗季はそう言っていたが、一週間前のあの日もどこか力ないようすだった。あのときもう、悪意を向けられていたのだろうか。美夏は気づいてあげられなかったことが、悔しくてならない。

紗季へのそしりはいつ収まってくれるだろう。収まるまえに、紗季が潰れてしまわないだろうか。

麻衣なら、嵐が過ぎるまで待つと言うだろう。開き直って耐えられるだろう。けれど紗季は嵐に倒れ、溺れてしまうかもしれない。

「紗季、提案があるんだけど」

美夏は、紗季を抱いていた手を緩め、互いの顔が見られる程度に身体を離した。

「ママと一緒に東京に行こう」

「え?」

「転校のできる学校を探すから。どうせ卒業したら、東京の大学に行くつもりだったんだし」

紗季が、さらに身体を離した。

「だったんだし、ってなにそれ」

困惑した目で、紗季が見てくる。

「決まってるでしょ。東京が仕事をするのに便利だからよ。もちろん接してる県でもいいけれど」

「仕事ってなに? 全然まだ決めてない。将来のことはもうちょっと待ってって、この間も言ったよね」

「そうね。ただもう二年生の冬よ。学校からも進学先の学部の目途《めど》を立てるよう言われてるよね。そろそろ決心しなきゃ。それともほかにやりたいこと、見つかった?」

「……それもまだだけど」

「なら、ママが勧める道を進んでみてもいいんじゃない? モデルはちょっと難しいけれど、俳優でも歌手でも」

「でも学校はこのまま卒業したい。今はたしかに、行きたくないけど……。がんばるから」

「がんばるだなんて。精神的なものって、無理をしたら駄目なのよ。もちろん別れたくない友達はいるでしょう。萌奈ちゃんとか、この間の小瀬くん……は別の学校だけど。紗季の堤防になって守ってくれてる?」

美夏の言葉に、紗季がうつむいてしまう。

「そうよ、そう。だいたい今、萌奈ちゃんはどうしてるの。友達が支えになってくれていないから、紗季がこんなに苦しんでいるんじゃないの?」

「やめてよママ」

「紗季のことを一番に思ってるのはママなのよ。わかってるのもママなの。思うんだけど、紗季は歌手より俳優のほうが向いている。優しいところ、繊細なところ、紗季ならきっと表現できる」

「やめて!」

紗季が両手で美夏の肩を押してきて、自分から引き離した。美夏はベッドから尻を滑らせて落ちる。

「あー、びっくりした。……紗季らしくないことしないで」

紗季が立ち上がるので、美夏は手を引いてくれるのかと右手を差しだした。が、振り払われる。

「私らしいってなに？　乱暴な真似をしたのは、ごめんなさい。だけど私がどんな人間か、勝手に決めないで。ママが向けたいほうに導かないで。……わ、私は、私はうまく自分を表現できないけど、私なりに考えているんだから」

「もちろんわかってる。だからママは提案しているだけよ」

思っていたより強い口調で反論され、美夏はまごつく。けれどここで説得しておくべきだと声に力を籠めた。ひとりで立ち上がる。向き合って立つ紗季は、険しい目のままだ。

「提案って言いながら、押しつけてるじゃないの」

「そんなことないわよ。紗季はボイストレーニングもピアノもダンスも、高校になっても続けてるでしょ。ママから押しつけられただけならやめてるはずよね。先生も優秀だって言ってくれてる。そりゃあ、音大や体育大を受ける子はもっとすごいだろうけど」

「知ってる。音大も体育大も私には無理。続けてたのは楽しかったから」

「なら向いてるってことよ。それともほかに将来の夢がある？」

「……だからまだだって言ってるじゃない。もうちょっと待ってってば。最終的にそう決めるかもしれないけど、自分が納得してからにしたい。楽しいってだけでまだよくわからないの。私はなにかにつけ決断が遅いとわかってるし、自分でもふがいないよ。だけど今はそれしか言えないの」

「楽しいが一番、向いてるのが一番なのよ。ママ覚えてるわよ。紗季は子役のころ、とても楽しそうにやっていた。小学校の二年生までだったけど。誰かが、そんな紗季に嫉妬してからかってきたんでしょ。だから紗季はやめちゃったけど、あのまま続けてたら今ごろは――」

「なんの話？」

紗季の声が冷たかった。眉をひそめている。

「なにって。だから、紗季が子役の仕事はしないってストライキを起こしたときのことよ」

「誰かにからかわれたからやめた、ママのなかではそういうことになってるの？ママ、自分に都合の悪いことは忘れちゃってるの？」

奇妙なものを見るような目で、紗季が顔を覗きこんでくる。

美夏は混乱する。あのころ、紗季はクラスメイトにからかわれたと泣いていたように思う。違っただろうか。からかわれて泣いたのは麻衣のほう？　いや、麻衣が活動していたのはせいぜい四、五歳くらいまでで、子役というよりその場にいるだけのエキストラだった。愛想もやる気もなくて、それすら呼ばれなくなっていたが。

呆れたような表情をした紗季が、告げた。

「ママが麻衣をないがしろにしてたからだよ」

「え？」

「私にばかりかまけて、泣いてる麻衣を放っておいたんだよ。麻衣がそれにすねたら、ママは、麻衣がおねえちゃんみたいにできないから撮影に行けないのよ、って責めたんだよ。麻衣は私の台本を破いた。すぐにはわからないよう、内側のページ、私のセリフを示す線のあるとこだけ。セリフはもう覚えてたけど、そういうふうに破かれてたことにびっくりして、こんなに麻衣を傷つけてるなら私はやりたくないって思った。ママ、忘れたの？」

思いもかけない話をされて、美夏は頭がうまく働かない。

「だ、だって、……紗季、ちゃんと理由、言った？　やりたくないの一点張りじゃなかった？」

「ちゃんと言ったかどうかは覚えてないけど……、でも、私や麻衣を見てたらわかると思ってた。だって麻衣、それまでわざとみたいにお漏らししてたのに、それから全然なくなったでしょう？」

「麻衣はそれを知ってるの？　紗季、伝えたの？」

「自分のせいで私がやめたって？　そんな嫌らしいこと言うわけないじゃない。蒸し返したりもしない。だってお漏らしだよ。傷つくでしょ」

美夏は呆然と立ちつくしていた。自分の記憶があいまいだったことにショックを受けつつも、一方で納得する部分があった。紗季は小さなころから優しかったのだ。

そんな紗季が、自分に怒っている。

「ご……ごめんなさいね。麻衣をないがしろにしてるつもりはなかったんだけど、……そうね、紗季にかまけていたのはたしかだと思う。ママに余裕がなかったのね。麻衣には申し訳ないことをした。だけど、紗季がそういう理由で子役をやめたってことは、演技が嫌だったからじゃないのよね。やっぱり紗季にはその世界が――」

「人の話、聞いてたのっ？」

紗季が美夏の腕をつかんできた。そのまま扉のほうへと押してくる。

「出ていって。これ以上、話、したくない」

「ちょ、ちょっと痛い、紗季。ママはただあなたのことが心配で」

「放っておいて。頭冷やして。私も冷やすから。ママの顔見てると、いらいらする」

美夏は部屋の外へと出された。扉が閉められる。ノックをすると、内側から叩きつける大きな音がした。それ以上はもう、なにもできない。

紗季がリビングに現れたのは、二時間ほど経ってからだ。

「自転車、借りるから」

そっけない口調で、紗季は言い放つ。

学校でのこと、痴漢被害のこと、将来のこと。いろんなものが紗季の頭の中で発酵して、爆発しそうになっているのだろう。気持ちを落ち着かせてくるのもいいかもしれない。

「わかった。……あ、でもスカートは駄目。もっと男の子みたいな服に着替えて」

「いい。放っておいてってば」

「やだ、もう四時を回ってるじゃない。……ねえ、ちょっと紗季。……すぐ暗くなるから早く帰るのよ」

紗季はすべてに返事をせず、そのまま玄関へと向かっていく。シューズボックスの上に置かれていた美夏のママチャリの鍵を握る音がした。

それが、紗季の姿を見た最後だった。

インタールード

【小瀬樹】——今日、塾に来なかったけど、なにかあった？　22:10　既読
【紗季ちゃん】——ちょっと用があって。連絡しなくてごめんね。22:11
【小瀬樹】——了解（スタンプ）22:12　既読
【小瀬樹】——おやすみ（スタンプ）23:42　既読
【紗季ちゃん】——おやすみ（スタンプ）23:42
【小瀬樹】——いい夢を（スタンプ）23:42　既読
【小瀬樹】——おはよう（スタンプ）07:04　既読
【小瀬樹】——おーい、おはよう！　元気？　07:21　既読
【小瀬樹】——既読にならないけど、なんかあった？　07:55　既読
【小瀬樹】——池辺さんにＬＩＮＥして、紗季ちゃんが学校休んでるって聞いた。どうしたの？　12:47　既読
【紗季ちゃん】——ちょっと体調不良。心配させてごめんね。だいじょうぶだから。

12:50
【小瀬樹】――本当にだいじょうぶ？　昨日の塾の時間の用ってなんだったの。12:51　既読
【紗季ちゃん】――家の用だよ。ホント心配しないで。12:51
【紗季ちゃん】――なにもかもが嫌になった。消えてしまいたい。私が消えれば全部解決する。そんな気がするの。17:08
【小瀬樹】――塾の講義中ですぐに見れなかった。いまどこにいるの。18:01
【小瀬樹】――（受話器マーク）キャンセル　18:03
【小瀬樹】――（受話器マーク）キャンセル　18:05

小瀬樹は、夏川紗季の自宅の電話番号を知らない。池辺萌奈なら知っているのではとＬＩＮＥに連絡をしたがつかまらない。学習塾の事務室に飛びこみ、いぶかる事務員に頼みこんで、自宅に電話をかけてもらう。電話を受けた母親もちょうど、暗くなっても戻らない紗季を心配していたところだった。

紗季が見つかったのは、それから二時間ほど経ってからだ。

名古屋市西区の、北区にほど近い古びたマンションの敷地内で倒れていたところを、帰宅した住人が見つけて警察に電話をした。

――暗くてすぐにはわからなかったけど、人だと気づいて仰天した。足が変な風にねじれている。血だまりもできていた。長い髪をした女の子だ。呼びかけても応えがない。息をしてるかどうかはわからない。怖くて顔を見られなくて――。そう通報を受けて警察官が駆けつけたときには、心肺停止の状態だった。

前後して、紗季を捜していた別の警察官がマンション近くに止められていた自転車を発見した。鍵はのちに、紗季が着たままのピーコートのポケットから見つかった。ほかにポケットに入っていたのは家の鍵とスマホだけで、財布は部屋に置かれたままだと母親から確認が取れていた。ふだんから少額の買い物はスマホで決済していたという。だがそのスマホは壊れて電源が入らず、それだけの衝撃を受けていることと倒れていた位置から、非常階段のどこかの階から飛び降りたものと見受けられた。

鑑識が呼ばれ、四階と五階の間の踊り場の手摺《てす》りから、紗季の指紋が検出された。

やがて搬送された病院にて、紗季の死亡が確認された。

第2部

1

「高奈篤志を呼びなさい！　早く！」

今日は土曜日だが、高奈物産自社ビルの正面にある両開きの扉は開いた。土曜が休日ではないのか、たまたまなのかは美夏にはわからない。力を加えたら動いたのだ。ならばと扉を突き破らんばかりにして飛びこんだ。エントランスに人はいない。目の前にある受付カウンターの電話を取って、叫んだところだ。

やがて受付の背後にある茶系と緑系のタイルで幾何学模様を作る壁の脇から、おずおずとようすをうかがうようにスーツ姿の男性が現れた。戸惑いを隠そうとしない男性に美夏は詰め寄り、真っ赤な目を向ける。

「用があるのはあなたじゃなく、高奈篤志。彼をここに呼んで。早く」

髪は乱れ、化粧をしていない顔は涙に濡れ、鬼のような形相をした美夏に、男性はたじろぎながら問う。

「お、お約束は」

「ないっ！　痴漢被害者の親だって言ったらわかるはず！　用は娘のこと！」

いぶかしんでいるのか困っているのか、男性の動きが止まる。

「早くしなさい！」

慌てたようすで男性が戻っていく。しばらく待っていると、険しい表情をした高奈篤志が同じ場所からやってきた。

「なんの言いがかりですか。従業員に迷惑がかかってはいけないので参りましたが、嘘八百を並べないでいただきたい」

そう言ったあと、高奈は顔を近づけてくる。小声になった。

「あなたねえ、示談書の内容読んだんですか。話は終わってますよ。誹謗《ひぼう》中傷をしたいなら帰ってくれ」

示談に応じた以上、事件については言い立てない。高奈の名前も出さない。たしかにそういう話になっていたが、美夏にとってはもう意味をなさない。

タイル模様の壁は間仕切りなのか、その裏側に空間があるようだ。脇から人影らしきものが見え隠れし、ざわめきが漏れていた。

「あんたのせいで紗季が死んだのよ！　あんたが殺したの！」

隅々にまで響けとばかりに、美夏が声を大きくした。高奈がぎょっとしたようすで身を引く。

「殺した？　……僕はなにも」

怯えの色を目の奥に見せながら、高奈がそう言う。ようすを見にきた人々の、息を呑む音がした。一転して、静寂が広まっていく。

「飛び降りたの……。紗季は……飛び降りて……」

美夏は身体中の水分を鼻水と涙にして、嗚咽《おえつ》まじりに口に乗せた。

「飛び降りた……か」

とおうむ返しにした高奈が、一転、鼻で嗤った。

「なるほど。それ、自分の意思で死んだってことじゃないか。なにが殺しただ」

瞬間、美夏は頭が爆発したかのようになった。

右手が伸び、高奈の頰を打つ——と、寸前、高奈が避《よ》けた。美夏はつかみかかろうとしたが、高奈の手に阻まれる。すぐに誰かが美夏の腕を取った。左右、両方ともだ。ひとりは最初にエントランスに出てきた男性のようだ。まだ困惑した表情をしているが、力は強い。

「あんたが紗季に痴漢をしなければ、こんなことにはならなかった！　あんたの顔を見ただけで過呼吸を起こしたの！　あんたが堂々と地下鉄に乗ってるのに、紗季は隠れるようにしなきゃいけなくなったの！　ＰＴＳＤみたいになったの！　学校でも辛い目に遭ったの！　全部あんたのせ――」

叫ぶ美夏の口を、高奈がハンカチ越しにふさぐ。

「黙ってくれないかな。つまり自殺なんだよね、自殺。いいかげんにしないと名誉毀損で訴えますよ。こんなところで騒がれたら迷惑だってわかるでしょ。警察を呼んでもいいんですか。さ、出ていってください」

高奈が顎をしゃくるようにすると、左右の男性の手にさらなる力がこもった。美夏は、扉に、扉にと引っ張っていかれる。

「放してちょうだい！」

「お願いですから帰ってください。本当に警察を呼ぶしかなくなります」

腕をつかむ男性が、説得するように言った。美夏は身体をよじって逃れようとするも、抵抗虚《むな》しく外に出されてしまう。美夏は再び扉に手をかけたが、再度入られないように、ガラスの向こうで男性たちが扉を押さえている。

「あの女の言ったことは全部嘘だから！　さあ、仕事に戻ってくれ！」

内側から、奥に戻っていく高奈の声が漏れ聞こえた。ハンカチを放り捨てている。

背後から、別の声が美夏を呼んだ。麻衣だ。

「やっぱりここにいた。お父さん、早くきて。ねえ、ちょっと、お母さん！」

麻衣と博正が美夏の元に駆けよってきた。タクシーへと連れていかれる。

2

琴絵は、その場に居合わせていた。

年末まで約一ヵ月となり、締めの作業で忙しい総務と経理、そして営業の一部が休日だが出社していた。エントランスで女性が騒いでいると知らされて胸騒ぎを覚え、ようすを見にエレベーターで降りたところだった。

地下鉄の中で一度だけ見かけた少女。美しいけれど、線が細くて気弱そうだったと琴絵は思いだす。あの子が死んだ。自殺をした。

世の中の醜さに耐えきれなくなって自ら命を絶つ、そんな翳《かげ》りがいかにも似合いそうな少女だった。

けれどその醜さをあの子に見せたのは、篤志なのだ。あの子の尊厳を汚《けが》したのだ。

そして今、さらに醜悪な劇が繰り広げられた。我が子を失って泣き叫ぶ母親――美夏と、それを足蹴にするかのような篤志。いくら非難されたからって、あの態度はない。あんなにひどい人だとは……。

篤志は、もし自分の娘が痴漢の被害に遭い、それをきっかけとして苦しんだ末に死を選んだとしたら、「自分の意思で死んだ」などと言えるのだろうか。相手を責めたりしないのだろうか。

そういえば篤志に、おなかの子の性別をまだ告げていない。女の子だと伝えておけば、あそこまでの暴言はなかったかもしれない。

ううん、知っていたとしても、篤志はかまわず美夏を罵倒するだろう。自分は悪くないと思っているから。他人の気持ちが、わからない人なのだ。

琴絵は泣きたくなって、トイレへと急いだ。誰にも泣き顔を見られたくない。いっそのこと帰りたい。騒ぎを見ていたのは社員のうちのわずかだけれど、篤志の醜態は、週明けには広まってしまうだろう。

自分が泣くのは間違っている。被害者じゃないんだから。加害者側の人間なんだから。美夏との話を思いだして、琴絵はなんとか涙を止めようとする。そうは思うけれど、情けなさに目の前がぼやける。

どうして自分は、篤志と結婚しようと思ったんだろう。

同じ会社にいたから。たまたま営業のアシスタントについたから。食事に誘われて、デートにも行って、会話もしぐさもスマートで楽しかったから。そのときの態度が優しかったから。そうこうするうちに会社で噂になったから。

でも。見栄えがするから、お金持ちだから、社長の息子だからという気持ちがなかったとは言えない。将来の不安はないという計算が、どこかで恋心の後押しをしていた。

紳士的で優しい人だと思っていたけれど、それは同じ会社に勤めていたからだ。交際の手順に時間をかけていたのも、同じ理由だろう。同僚だから、恋人だから、妻だから、それが優しく接する理由だ。けれど、自分の邪魔をする敵にはその必要はないという考えなのだ。自分が加害行為をなした相手であっても。

篤志の本質はそちらなのだろう。機嫌を損ねたときは、自分勝手になる。警察から戻ってきた日、それがよくわかった。篤志は変わってしまったのではなく、外側につけていたものが剝げてきただけなのだ。

琴絵が離婚を切りだしたら、琴絵は篤志の敵になる。

離婚をするなら早く、と思っていたけれど、よく調べてみたら、離婚して三百日以内に生まれた子の戸籍は、問答無用で筆頭者の篤志のほうに入るとわかった。ただし親権は、離婚後に出産したなら基本的に母親が持つ。けれど父母が協議して父親と定めることもできる、ともあったので、安心はできない。高奈家に子供の親権を取られる可能性は、ないわけではない。

篤志はどこまで子供に執着するだろう。なかなか妊娠できずにいたときは、彼も不安そうだった。はじめてできたときは喜んだし、流れてしまったときはとても悲しんでいた。順調に育っている今は、ほっとしているようすだ。簡単に手放してくれるとは思えない。

さらに問題なのは文子だ。文子はきっと執着する。初孫だ、グランマだ、と生まれる前から舞いあがっているのだ。滅多《めった》なことでは放してくれないだろう。先日も、安心したらいろいろなものが欲しくなっちゃった、好きなのを買ってあげる、とベビーカーのカタログを渡された。

慎重に進めなくてはいけない。

琴絵はおなかを撫でる。お母さんが守ってあげるから、と心で呼びかける。返事をするかのように、動くものがあった。

3

美夏たちがマンションに戻ると、遺体をお返しするのはしばらく待ってほしい、と警察から連絡があった。葬儀の手続きを進めているのならいったん止めてくれとも言う。なにが起こっているかわからないが、葬儀だなんだという話からは逃れたい。美夏は寝室に籠った。

管轄の西警察署は徒歩ですぐの場所だ。紗季の身体が焼かれるなんて耐え切れない、顔を見せてと泣けば、会わせてもらえるだろうか。

日が暮れても新たな連絡は来ない。留守中に来ていた博正の両親は、改めて出向くと帰っていった。美夏の両親は山梨に住んでおり、まだ着いていない。

警察が来た、という博正の声で美夏は飛び起きる。やってきたのは黒いスーツを着た男女ふたりだ。昨夜は制服の警察官に世話になったが、彼らの誰でもない。

リビングに入ってもらい、博正と四人でダイニングテーブルにつく。麻衣を自室に追いやろうとしたが、麻衣は自分には聞く権利があるとばかりにリビングの奥にあるソファから動こうとしない。言い争うのもおっくうで、美夏は放っておくことにした。

「愛知県警刑事部捜査第一課の鶴見《つるみ》と申します。こちらは雨宮《あまみや》。少しお話、よろしいでしょうか」

同世代ほどの男性が差しだしてくる名刺に、美夏はいぶかる。博正も身体を固くしている。

すぐそこの警察の人じゃなくて、愛知県警？

美夏とて、各警察署と県警とでは役割が違うことぐらいはわかる。ミステリドラマの端役になったこともあるのだ。二十年弱の間に捜査一課の役割が変わるわけがない。

「それって……どういう。紗季は……」

「紗季さんが亡くなったマンションに、どなたかお知りあいがお住まいでしたか？」

美夏は博正と顔を見合わせる。

「いいえ」

「子供の遊び場にもしていませんでしたか？」

という次の質問は、子供というほど幼くもない麻衣にも向けられていた。三十代ぐらいの女性――雨宮のほうが、麻衣のようすをじっと見ている。麻衣は黙って首を横に振った。

「紗季さんは過去に自殺未遂の経験はない。自殺願望を口にしたこともない。昨夜、お母さまがそう答えた記録があります。改めてお父さまと妹さんにもうかがいますが」

「ないです」

異口同音にふたりが答えた。雨宮は麻衣を眺めたままだ。親よりも歳の近い妹のほうが、姉の気持ちがわかるとでも考えているのだろう。

「ありがとうございます。あのマンションは古くて、住人も少ないんですよ。制止を受けずに飛び降りたいという願望を満たすにはもってこいですが、もともと知っていたり、事前に目をつけておいたならともかく、若い女の子が死を迎える場所としてとっさに選ぶとは思えません。そういうこともありまして、もう少し調べたいと」

鶴見の言葉に、美夏が身を乗りだす。

「紗季は自殺じゃないっていうんですか？」

「改めて視《み》ましたところ、後頭部に、落下時に地面とぶつかってついたにしては不自然に思える傷がありました。解剖して調べる予定です」

「紗季は誰かに殺されたんですか？」

美夏は立ち上がった。声が震えてしまう。博正が手で制してきた。

「それはまだわかりません。事故の可能性もあります。ただ解剖すれば、骨折の具合などでもう少し詳しくわかる場合があります」

「知らない古いマンションで、どうやって事故が起きるっていうんですか」

「さまざまな可能性がありますよ。ご家族は知らなくても本人はあの場所を知っていて出向いたのかもしれません。事件でなくても、なんらかの誤った行動を取ってしまったことは考えられます。事故というのは、誰も起こるはずがないと思えるところから起こるものなんです。我々はその可能性をひとつずつ潰してまいります。ご協力ください」

博正が、無言で深くうなずいていた。美夏もうなずき、やっと座る。

「すみません、質問いいですか」

ソファに座る麻衣が、右手を挙げた。全員の視線が集まるなか、麻衣は気にもかけないようすで、平然と言い放つ。

「どうして昨夜は、自殺ってことになったんですか」

そういえばそうだ、と美夏は改めて疑問に思う。

「状況、でしょうか。紗季さんからボーイフレンドのもとに、短いけれど遺書めいたLINEが送られてきた。彼にそのやりとりを見せてもらったところ、紗季さんは前日からようすがおかしかったように見受けられた。その連絡をもらった保護者が……お母さまのことですが、娘が帰らないと警察に通報し、学校でのトラブルや痴漢被害があり精神的に不安定だったことを告げた。乗っていた自転車が現場の近くで見つかりポケットに鍵があった。そのあたりから判断されたようです」

鶴見が丁寧に説明する。考えこみながら彼の話を聞いていた麻衣が、また手を挙げた。

「でも自殺じゃなさそう、なんですよね。だったらその遺書めいたLINEって、姉が書いたものじゃない。つまり事故でもありません」

鶴見は麻衣を見て、小さく首肯した。

「ええ。殺害された可能性が、どちらかといえば高いですね。改めて、紗季さんのことを詳しくおうかがいしたいと思っています」

4

恵理子は歩きながら、つい鼻歌を口ずさむ。周囲の人に聞かれたらよくないと思うものの、誰も自分に注目などしていないだろうとにやけた。少し声が大きくなる。

家について玄関の鍵を開ける。と、中から物音が聞こえた。とっさに傘立てに入れてあるバットを手にした。祥平が残していったもののひとつだ。古くて金属にへこみがあるが、防犯用に置いている。

「おかえり」

玄関から続く廊下の奥から、俊介がのっそりと現れた。灯りをつけてみれば、踵に履き癖のある靴がたたきに置かれている。

「やだ。外の灯りぐらいつけておいてよ。泥棒かと思ったじゃない」

恵理子がそう言うと、俊介は苦虫を嚙み潰したような顔になった。

この子は会うたびにいつもこんな顔だ。人生がつまらなくないのだろうか。

「忘れてたんだ。パソコン見はじめたらそっちに集中しちゃって」

恵理子は肩をすくめながら、からかうように問う。

「あいにく写真はたいして増えてないわよ。月曜から暇ねえ」

「そっちこそ、なんでそんなにあちこちに出歩いてるんだよ。それだけ元気なら新しい仕事をはじめたらいいのに。……いや、探してるの？　そんなかっちりした恰好して」

コートを脱いだ恵理子がダークグレーのスーツを着ていることに気づいたのか、俊介は表情を少し明るくする。

「やることがあるからよ。それが終わるまでは仕事なんてしてられない」

俊介が冷たい目に戻った。

「祥平の復讐《ふくしゅう》ってやつ？　月並みな言い方だけど、そんなことをして祥平が喜ぶと思うか？　ま、喜ぶも悲しむも、祥平は死んでるんだけどさ。祥平を忘れろとまでは言わないけど、死を受けいれろよ。だいたい、親父が死んだときはもっとあっさりしてただろ」

「あっさりとはなによ。失礼ね。悲しかったわよ」

「だけど、忌引きが明けたらすぐファミレスのパートに戻っただろ」

「それは周りに迷惑をかけてたからよ。病院の呼びだしで急に休んだり、シフトを代わってもらったりね。お父さんは病気だったの。余命も聞いていたから気持ちの準備ができてたわけ。突然命を奪われた祥平とは違うでしょ」

なによりも、祥平は自分がこの世に生みだしたのだ。自分の細胞を使って、自分の一部として、十ヵ月近くも一緒に過ごしてきた。自分の分身のようなものだ。それが一瞬にして消えてしまった。そんなこと、あっていいはずがない。

ふう、と俊介は呆れたようなため息を聞かせてきた。おもむろにスマホの液晶画面をつきだす。

「ニュース。これ、知ってる？　西区の」

恵理子は斜め読みをして、スマホを俊介に戻す。

「若いのに、かわいそうね」

彼女の死は嬉しい。鼻歌が出たのもそのせいだ。けれど、表情に出さないように気をつけた。

俊介が、恵理子に遠慮のない目を向けてくる。

「なるほど、知ってるんだ。このニュースには事故や自殺も含めてどうこうってあるけど、どうやら殺人らしい。まあ、それもまだ確定じゃないそうだけど」

「へえ、そうなの？」

俊介の目は、恵理子から動かない。我が息子ながらうっとうしい、と恵理子は横を向く。

「死んだ子、M女学院の生徒だそうだよ。会社の上司の娘がM女学院に通ってて、土日で一気に噂が回ったってさ。今はＬＩＮＥがあるから早いよな。目撃者を捜してるって」

恵理子はすぐに向き直った。

「上司の人、家、どこ？」

「みよし市。南からアクセスする形だから、学校に行くのに上社駅は通らない。上司の娘は、祥平の件とはまったく関係ないよ。っていうかさあ、食いつくのそっち？……母さん、ニュースを知っているんじゃなくて、死んだ子を知ってるんじゃない？」

俊介が顔を寄せてくる。

「そうね。あの子。夏川紗季」

恵理子の答えを聞いたとたん、俊介は険しい表情になる。

「母さんがそれを知ってるのは不自然じゃないか？　名前はまだニュースに出てないはずだ。なぜ知ってる？」

「……今日、M女学院に行って噂を拾ってきたのよ」

「またか。この間、注意しただろ。そういうのはやめろって。いいかげん通報されるぞ」

「用心したからだいじょうぶ。この服だって、ちゃんとした人に見えるようにと思ってのことよ。今まではおばちゃんっぽい普段着で、それはそれで近所の人に見えるよう考えてのことなんだけど、反応が悪かったのよね。でも今日は向こうから、マスコミの人ですか、って訊かれた。せっかく間違えてくれたんだから、否定しなかった」

「女子高生が、嬉々《きき》としてマスコミにしゃべるとは思えないんだけどな」

俊介がいぶかしんでいる。

「ひとくくりにしちゃ駄目よ。いろんな子がいるでしょうよ。同じ学校の子が亡くなったんだもの、興奮もするでしょ」

「ハイになってしゃべったって？　なあ、夏川って子の住んでるとこにまた行ったのか？　調べまわったのか？」

「さあね」

恵理子は今日も出向いて、ようすをたしかめてきた。けれどいまどき忌中札を出す家は少ないし、なによりマンションだ。外からはさっぱりわからない。

葬儀会館の案内看板でもあればよかったがそれもなかった。それでも、なにか動きがないかと思ってしばらく待っていたのだ。……などという話を俊介にするつもりはない。

「この間は、夏川って苗字しか言ってなかったよな。いつ、下の名前がわかったんだ？」

「ずいぶん記憶力がいいのね」

「答えろよ!」

「なんでいちいちそんなことにこだわるの。今日よ」

俊介は、再びうしろを向いた恵理子の肩に手をかけ、わざわざ前に向かせた。ひそめた眉の下で、真剣な目をしている。

「母さんがやったんじゃないのか?」

「はあ?」

「高奈って男にも突撃してアリバイを訊ねたんだろ。だったらその子にも突撃するだろ。彼女から期待した答えが返ってこなくて、腹が立ってカッとなって――」

俊介の話の途中で、恵理子は笑いだした。

「なにがおかしいんだ」

「真面目な顔をしてなにを言いだすかと思ったら。馬鹿な想像をしないで」

「想像? 母さんのやってることを見てると、その子を殺しかねないんだよ」

恵理子は笑いがとまらない。

俊介の強張った顔がおかしくてたまらない。

「先週の金曜日、母さんはどこにいたんだ? その日の夜、彼女は遺体で発見されたそうだ」

「なにそれ。……やだ、本気で疑ってるの？」

「疑われるくらいのことをしてるんだってば。答えろって。どこにいたんだ」

恵理子は考えこんだ。どう説明しよう。

「……昼過ぎまで家にいて、そのあとM女学院の近く。夏川が学校から出てくるのを待ってた」

「彼女を……つけてたのか？」

みるみるうちに青い顔になった俊介が、震えた声で訊ねてくる。

「いいえ。見過ごしてしまったみたい」

「そんな言い訳……」

「言い訳でも嘘でもないわよ。お母さんのことを信じてよ。彼女が死んだって知ったのも今日のことよ。知らなかったからこそ、今日もM女学院に行ったんだもの」

「本当か？」

「本当のことだってば」

「……本当だとしても、母さんにはアリバイがないってことになるんだよ。わかってるの？」

やれやれ、と恵理子は肩をすくめる。誰が自分を疑うというのだろう。彼女との接点など、なにもないというのに。

5

紗季の遺体が警察から引き渡され、ようやく葬儀ができたのは死後五日も経った水曜日だった。

解剖の結果、後頭部に丸みのある硬いもので殴った痕が二ヵ所あったことがわかった。ひとつは浅く、もうひとつはそれより深いが、致命傷にはいたっていないとのこと。だが意識を失った可能性があるほどの脳の出血が見受けられ、ほかの部分の骨折の具合からも、抵抗できなくなっていた紗季を非常階段から落として死に至らしめたと考えられる、というのが警察の報告だった。

目撃者を捜しているが、まだ見つかっていないという。紗季が自分で現場となるマンションに出向いたのか、別の場所から運ばれたのかもわからない。壊れてしまったスマホの復元もまだだ。

近所の葬儀会館を借りることになった。平日だったが、M女学院のクラスメイトがやってきた。地元小学校の友人の親も参列した。小瀬樹も、学校を休んで来ていた。暗い顔をして、終始泣いている。萌奈がそれを励ましていたが、彼女も赤い目をしていた。

どこから漏れたのか、紗季は殺されたのだという話が、集まった参列者のなかでささやかれていた。

そう、紗季は殺されたのだ。

いったい誰が、どんな理由で、十七年しか生きていない紗季を殺したのか。

それを考えると、美夏は身体が震える。産んですぐ胸元に置かれたときの重み、濡れた髪の細さ、手触り、柔らかな肌、すべてがよみがえってくる。はじめて発した言葉、つかまり立ちをしたもののふにゃりと崩れた足、そのときの表情、美夏に抱きつく力、寄せる頰、すべて覚えている。ランドセルに負けそうな細い身体も、伸びてきた脚も、しなやかなダンスも、すべてだ。

けれど、そのすべてがまぼろしだったかのように、紗季はいなくなった。命が消え、もうすぐ身体も消える。そのままにしておいてと泣いて頼んだが、そういうわけにはいかないのだ。

悪夢のようだと、美夏はまた思う。あれからずっと、自分は悪夢の中にいる。……いやいっそ悪夢だったら、どれだけいいか。夢ならいつか覚めるのだから。

美夏は黒い服を着た人々の列をぼんやりと見つめる。祭壇の前、焼香をしては去っていく人々。ただ流れていく黒の塊たち。鶴見がいた。一緒に来ていた雨宮もだ。

そんななかに、見たくない人がいた。

槙野泉美。

美夏は立ち上がった。隣に座っていた博正がなにか声を発したようだが、聞き取れなかった。槙野に向けて進み、腕を取る。驚いた顔がすぐ目の前にあった。

「あなたのせいでっ！」

「え？」

「あなたが学校近くであれこれ訊きまわるから、紗季のことが噂になったじゃないの！　紗季はどれだけ辛い思いをしたと思ってるの」

槙野の表情が驚きから戸惑いに変わる。

「……失礼ですが、自殺ではなかった……んですよね」

であれば自分に責任はないとでも言うのか、と美夏は興奮する。紗季を傷つけたことに変わりはないのに。紗季に注目が集まったのは槙野のせいなのに。

「そうですよ。紗季は自分で命を絶ったりしない。でも誰かが紗季を狙った。犯人が紗季を殺した理由はわからないけれど、紗季を目立たせたのはあなた！」

槙野が少し考えて、それから頭を下げた。

「申し訳ありません。ご家族の平穏を乱してしまいました。……ただ、私は通ってらっしゃる学校に訊きまわったことはなくて――」

「嘘つき！」

美夏は槙野の頬を張った。

あたりの空気が緊張に包まれる。美夏は博正に後ろから抱きとめられて、槙野から引き離された。

「すみません。妻は今、参っておりまして」

博正が声をかけている。耳のすぐうしろから聞こえるせいか、心底、不愉快だ。なぜ博正はそんなに穏やかに言うのだ。

「はい。お察しします。……お嬢さまのこと、心よりお悔やみ申しあげます。私になにかお手伝いできることがあれば」

槙野の言葉に、美夏はいらつく。

「ふざけないでよ！　それでまたなにか書こうっていうんでしょ！」

「そういうつもりではありません」

「どうぞお引き取りください」

言い争いになるところを博正が止めた。槙野は去っていく。入り口近くで、鶴見が声をかけていた。

午後に繰り上げて行った初七日法要も終え、マンションに戻ってからのことだ。

槙野のほかにもマスコミは来ていたらしく、夕刻、遠くから映された葬儀場が、ローカルニュースで流されたそうだ。警察が殺人事件として発表したようで、西区のマンションの敷地内で倒れていた女子高校生は殺害されたものとわかった、とアナウンサーが話していたという。ほかにも報じるべきニュースはあったのか、扱う時間は長くなかったらしい。

美夏はそれを、職場の同僚からの連絡で知った。

心配する言葉のなかに興味の色がうかがえて、美夏は気持ちが沈んだ。もしも自分の過去に注目する人間がいれば、扱いが大きくなるだろう。紗季自身、赤ちゃんのころからモデルや子役をやっていた。それを知られたらワイドショーまでやってくるかもしれない。

仕事はしばらく休もう。いっそこのまま辞めてもいい。もともと、紗季の上京の資金になればと思ってやっていたものだ。

もう必要はないのだ、と美夏は白い骨覆《こつおおい》を見つめながら泣いた。

6

会社から帰宅した琴絵がリビングのテレビをつけて料理をしながら流し見をしていると、覚えのある名前が読みあげられた。

夏川紗季、と。

驚いて手を止め、キッチン側からテレビに近いソファへと移動する。ニュースは、マンション敷地内に倒れていた女性の身元が判明したこと、市内の高校に通う十七歳の生徒だったこと、解剖の結果、殺害されたと判明したため、捜査本部が西警察署に設置されたことを告げていた。流された映像は本日行われたという葬儀のようすで、そのあと、少しぼやけた紗季の顔写真が大写しになった。金曜日の夕方四時すぎに自転車で外出したあと殺害されたもようで、西区と北区を中心に目撃者を捜していると、警察の電話番号が画面に出ていた。

殺害、と琴絵は口の中でつぶやく。

ニュースは次の話題に移っていた。琴絵はリモコンに手を伸ばし、ほかの局のニュースを確認する。この時間はNHKに加えてローカル局四社が地域のニュースを流すため、ザッピングをする。本日のニュースラインナップとしてアナウンサーの横に列記されていた局もあったが、すでに該当のニュースは終わったようだ。

「殺害って、殺されたってこと？」

琴絵は、今度ははっきりと口に出す。背中に、ぞわりとしたものが走った。

直接話したことはないけれど、とてもきれいな子だった。さっきテレビに出た写真より何倍もだ。

母親の美夏とは会った。娘のことを大事に思うようすが、声から態度から表情から、ひしひしと伝わってきた。大事にしていたからこそ、娘が自殺したのはあなたのせいだと篤志を責めにきた。でも自殺じゃなかったんだ。殺害……

死んだというだけでもショックだろうに、殺されてしまっただなんて。彼女はどうしているだろうか。だいじょうぶだろうか。

そしてつい、おなかを触ってしまう。また思ってしまう。

もしもこの子が同じ目に遭ったら、と。

そんなの耐えられない。自分の命を懸けて産む子なのだ。

篤志が帰宅したのは午後八時前のことだった。その直後、誰かから電話がかかってくる。

「え？　ちょっと待ってください」

と言ったなり、琴絵のようすをうかがい、リビングと廊下の間の扉を閉めて玄関近くまで戻っていく。入っていった扉の先は脱衣所だ。風呂にでも籠ったのだろうか、声はほとんど届いてこない。

しばらくしてリビングに戻ってきた篤志が、仏頂面でスマホをつきだす。

「これを見てくれ。川端先生が送ってくれたんだ」

篤志は動画を再生させた。琴絵が見たニュースと同じものだ。

「電話、弁護士の川端先生だったの？」

示談が成立したことで、川端との関係も終わったものだと思っていた。

「そうだ。あの母親を訴えられないか相談していたんだ。そしたら川端先生がこのニュースを知って、僕に教えてきた」

「訴えるって……」

「当然だろ。会社にやってきて騒ぐわ叫ぶわ、迷惑をこうむった。なんのための示談金だと思っているんだ」

琴絵は首を横に振った。篤志の腕を取る。

「やめて。あの人はお嬢さんを亡くされたのよ。ショックで混乱してのことでしょ。そんな真似しないで」

「自分が辛い目に遭ったから他人に迷惑をかけてもいい、そんな理屈があると思うか？　これは名誉の問題だ。社員からの信頼の問題だ」

篤志が不愉快そうに吐き捨てる。

「ひどいことを言わないで」

「なにがひどいんだよ。ひどいのは向こうだぞ。ニュースを見せただろ。あの娘は自殺じゃなく、誰かに殺されたと言ってただろ。あの女、僕が殺したって叫んでたじゃないか。社員にどう思われるかわかるか？」

琴絵は目を瞠《みは》った。もともとは、自分が紗季に痴漢をしたからじゃないか。

「篤志さん、あなたは父親になるんだよ。もし自分の娘が痴漢に遭ったら、もし自分の娘が誰かに殺されたら、そう想像してみてよ。あの人の気持ち、少しは考えてあげて」

篤志が黙ったので、琴絵は少しほっとした。だがすぐに打ち砕かれる。

「自分の娘は自分の娘、あの女はあの女だろ。あからさまに僕を悪者にして、罵倒したんだ。万が一にでも火の粉が飛んできたらどうするんだ。琴絵こそ、僕の気持ちを考えてくれよ」

「……それは、いい気持ちがしないのはわかるけど。で、でも、あの人とのつながりを作ったのは、篤志さんだよ。痴漢なんてしなきゃ――」

「その話は終わってる！」

篤志は断ち切るように叫んだ。それ以上言ったら許さないと、そんな空気が伝わってきた。琴絵はもう次の言葉が出ない。

「あの女に謝らせる。土下座させてもいいぐらいだ」

土下座だなんて、時代劇やドラマでもあるまいし。けれど琴絵には、そんな篤志を諌《いさ》める力さえない。情けなかった。対等な夫婦関係を築けていないせいだ。

でもどうにか丸く収めたかった。そのためには、と悩んだ琴絵が翌日電話をかけた先は、美夏だった。

「このたびは本当にご愁傷さまでございます。お嬢さまのご冥福、心より祈らせてください」

「……なぜわざわざあなたが」

しばらくの沈黙のあと電話の向こうから返ってきたのは、呆れたような美夏の声だ。

「夫は……、夫はご挨拶にうかがわないでしょうから、せめて、と思いまして。あ、あの、先日も夫が失礼なことを申しまして……すみません」

琴絵は身を縮める。

「ああいう方だろうとはわかっていました。だから半分は承知の上です。あなたには失礼ですけど。……でも言わずにはいられなかったの。行かずにいられなかった……」

嗚咽のような声が、漏れ聞こえる。何日も泣いているのだろう、かすれていた。洟《はな》をすする音、咳払いが続く。

「ニュース、ご覧になりました？」

か細いため息とともに、美夏が問うてくる。

「はい。……ひどい……ことです」

「犯人、わからないんです。なのでこちらは落ち着かないままなんです」

「はい……。あのそれで、お焼香をさせていただければと思っているんですが」

琴絵は、電話で済ませてはいけない依頼をするつもりだった。直接、頭を下げなくてはいけない、それが礼儀だ。今も、ソファに身を沈めて電話をするのは申し訳なく、ダイニングテーブルによりかかりながら立っている。

「必要ありません」

「でも」

「ですから落ち着かないので、みなさんにお断りしているんです。それでは失礼します」

美夏が早口でまくしたてた。電話が切られそうになる。

琴絵は叫んだ。

「待って！　待ってください！」

「……はっきり申しあげないとわかりませんか？　来ないでください。どなたともお会いしたくないんです」

「お願いがあるんです。直接会って、お願いしたかった。……だけど……あの、おうかがいできないなら大変失礼ですが、お電話で」

「なんですかいったい」

美夏が、今度は大きなため息を聞かせてくる。

「夫が、夫がですね、先日の美夏さんに怒っておりまして、弁護士をと」

「は？」

「……訴えると。ですからあの、形だけでいいので謝って……謝るふりをしてほしいんです」

再び長い沈黙があった。聞こえているのだろうか、電話が切れてしまったのだろうか、そう思うくらいに長い。

「なにを言ってるんですか、あなたは。なぜわたしが謝るの？　どういう理屈で？」

やっと戻ってきた言葉は、怒りでだろう、震えていた。

「……会社で夫を罵倒したこととか、……名誉毀損？　とか？」

「呆れた。怒ってるのはこっちです。あなたの夫が紗季に痴漢をしたのがすべてのはじまりじゃないですか！　盗人《ぬすっと》猛々《たけだけ》しいにもほどがある！」

びりびりと、怒りが伝わってくるような声だった。おなかの子に聞かせてはいけない声だ。それでも伝えなくてはいけない。

「あ、あたしもそう思います。そのとおりです。でも、聞いてくれないんです。夫はやりかねないんです。だからその……」

「わたしに折れろと？　あなたの夫も夫だけど、あなたもあなたです。訴えたいなら訴えなさい。そう伝えるがいい！」

電話は切れた。もう一度かけてみたが、出てはもらえなかった。


その日、篤志はなかなか帰らなかった。LINEを入れるも、既読にならない。

まさかまた、と琴絵は先日の地下鉄での騒ぎを思いだす。落ち着いて、落ち着いて、とおなかを撫でながら待つ。

玄関の扉が開いて、ほっとした。夜も十一時を越えていた。

「食べてきたの？　遅かったのね」

「いや。警察に聴取されてた」

え、と琴絵は息が止まりそうになる。おなかが跳ねた。篤志はまた痴漢をしでかしたのだろうか。

「……どうして？」

「夏川紗季の件だ。トラブルになった相手として、あれこれ訊ねられた。あの母親のせいだ。あの女、警察にちくったに違いない」

自分が無礼なお願いをしたから、腹いせに篤志のことを警察に話したのだろうか。

琴絵は、自分のせいではと生唾を呑む。

「警察も警察だ。朝、話を訊きたいと電話してきたときはすぐ済むと言っておきながら、四、五時間もねちねちと」

連絡がきたのは朝だったのか。考えてみれば殺人事件なのだ。だったら自分のせいではない、と琴絵はほっと息をついた。トラブルのあった相手を調べるのは当然のこと。篤志は逮捕までされたのだ。誰に告げ口されなくても、警察が一番よく知っている。

「なんだよその顔。僕は疑われたんだぞ」

「……すみません。でも篤志さんは彼女への痴漢で捕まってるんだから、聴き取りをされてもおかしくないと思って」

「おかしくないとは失礼な。痴漢と殺人はまったく別だろ」

篤志が怒りだす。

「警察にデータが残ってるんじゃないかって、そう言いたかっただけよ」

「ふん。いい迷惑だ」

篤志は大きな足音を立てながらキッチンに向かった。冷蔵庫のドアを乱暴に開けて、缶ビールを出してそのまま立って飲む。琴絵はグラスをカウンターに置くが、不要だとばかりに手を振られた。

「なにかおなかに入れないと。今、シチューを温めるから」

「いらない」

篤志は不機嫌な声だ。なにをそこまで苛立っているのだろうと、琴絵はいぶかる。痴漢と殺人は別。そのとおりなんだから、堂々としていればいいのに。

「……あいつら、また来るかもしれない」

「あいつらって？」

「警察だ。……琴絵も話を訊かれるかもしれないな。夏川紗季の存在など忘れたようすだったと、訊かれたらそう答えておいてくれないか。実際、そのとおりなんだから」

二缶目のビールを出しながら言ったので、冷蔵庫のドアに阻まれて篤志の表情が見えない。

「それ、どういうことなの？」

「アリバイがな……。証明できないせいでぐだぐだと。くそっ。腹が立つ」

琴絵は困惑する。ニュースでは、彼女が亡くなったのは先週の金曜の夕方だと言っていた。篤志は仕事中のはずだ。

その疑問が伝わったのか、篤志が説明する。

「社用車で営業先を回っていた。だが余裕を持って行程を組んだから、最後の取引先から会社に向かうまで、のんびりしてたんだ。警察の言う死亡推定時刻とかいうのが、金曜日夕方の五時から七時の間らしいんだが、証明ができない。会社に帰ったのは七時少し前だ」

最後の取引先から会社に戻るまでの間はサボっていたということだろう。

「……どこにいたの？」

「名古屋港の近くが最後だったから、ぼうっと海を見て、そのまま川沿いを適当に流して走った。だけど、その時間に夏川紗季が死んでたマンションまで来ることは可能だろうと、警察はそう言う」

ち、と篤志が舌打ちをする。

「可能……。あ、ドライブレコーダーは？　それでわかるんじゃ」

「故障してるんだよ。総務に直すよう依頼してるのに、持っていく時間がないって言われて直ってない。けど、故障してること自体も怪しまれた。わざと壊したんじゃないかって。馬鹿じゃないか。そんなことをするわけがないだろ。車の前後についていればよかったんだが、ケチったせいで前しかない。くそっ。経理がＯＫを出さないからだ」

篤志が睨んでくるが、それを自分に持ってこられても、と琴絵は思う。経費配分をしているのは上で、部長かその上の専務、文子の決裁だ。お義母さんに言ってほしい。

「カーナビは、走ったルートを記録するタイプじゃないの？」

「古いからそのシステムはついてない」

くそっ、と篤志はまた毒づいて、残りのビールを飲み干す。

「風呂に入る。……いいな、僕は夏川になんの感情も持っていなかった。全部忘れていた。問われたらそう答えてくれよ」

「はい」

念を押され、琴絵はうなずいた。篤志はビールの缶をそのままに廊下へと向かっていく。

あらゆるものを疑うのが警察とはいえ、自分が痴漢をした相手を殺そうなんて思わないだろうに。恨みを持つならされたほうだろう。琴絵も、電車で触ってきた相手にペンケースの中のハサミを突き刺したいと思ったことはある。

――恨みを持つなら？

篤志は、夏川紗季を恨んでいなかっただろうか。

おまえが自分を捕まえたせいで警察に取り調べられた。何日も家に戻れなかった。会社の人間に怪しまれ、立場をなくした。

自分のことを棚に上げる篤志だ。そういうふうに考えることはなかっただろうか。

琴絵に、まさかという不安が押し寄せる。少し考えてから、否定した。いくらなんでも、そんなことで人を殺したりしない。示談は済み、不起訴になった。これ以上、保身の必要はない。

だけど……

偶然会ったら？ 車で名古屋港から川沿いを遡《さかのぼ》っていけば、西区に入る。そのどこかで、自転車で外出していた夏川紗季に出会うことはじゅうぶん考えられる。

篤志は恨み言を述べるだろう。あの女の子はきっと逃げるだろう。篤志はどうする？ 放っておく？ 阻む？ 篤志は自分の主張を突き通さないと気が済まない。相手が納得するまではと追いかけて、トラブルになったとしたら。

ほかに誰もいなければ、篤志は……

琴絵はめまいを覚えた。立っていられなくなって、ダイニングテーブルにつかまってゆっくりとしゃがみこむ。

考えすぎだ。妄想だ。そんな馬鹿なことをするはずがない。

けれど警察は、その可能性が否定できないから篤志を取り調べたのでは。

廊下の向こう、篤志がシャワーを使う水音を聞きながら、琴絵は不安から抜け出せない。こんなストレスを感じていてはおなかの子に悪い影響が出てしまう。

落ち着いて。落ち着いて。そう自分に言いきかせつつも、さっきの疑問が頭から離れない。

7

警察からお宅にうかがいたいと連絡を受けた美夏は、小さいながらも希望を抱く。紗季を殺した犯人が捕まったのかもしれない。捕まらないにしても目星がついたのかもしれない。重要な証拠が出たのかもしれない。

遺族に、捜査状況すべての連絡が入るわけではないとわかっている。遺族なのに、それぞれアリバイまで確かめられた。学校や職場という明白な居場所がなかったのは美夏だけで、自転車を紗季に乗っていかれ、車の免許もない自分にはなにもできないと答えたが、嫌疑の外には置いてもらえなかった。母親が娘を殺した可能性もゼロではない、だなんて、刑事とはどんな頭の構造をしているんだろう。

インターフォンが鳴って、鶴見と雨宮がやってきた。美夏はダイニングテーブルでふたりと向かいあう。雨宮のほうが口を開いた。

「今日はひとつ、紗季さんのことで報告があるのですが……。夏川さん、体調はいかがですか？　眠れていますか」

ずいぶん優しいことを訊く、と思いながら美夏は首をゆっくりとひねり、軽くうなずく。

「あまり眠れていませんが、生活できるぐらいにはなんとか。ずっと家にいますので。仕事……ちょっと気力が出なくて休んでいるんです」

「お仕事はシフト制で週に三日でしたよね。家計の助け程度ということですか？」

「家計の助けというより、娘の将来の学費にでもと。暮らす分には、夫もそれなりに。……あの、なぜそんな話を？　紗季のことでいらしたんですよね。はっきり言ってください」

雨宮が鶴見と目を合わせ、鶴見に発言を譲るように一礼をする。

「では、ストレートに申しあげます。紗季さんは、いわゆるパパ活をなさっていました」

真面目そうな表情の鶴見から唐突に出た言葉が、美夏には冗談にしか聞こえない。

パパ活ってなんや。パパイヤを植える活動とちゃうんか。このふたり、そんなコントでもはじめるのかしら、と。

もちろん言葉の意味は知っている。けれど美夏は戸惑うほかない。

「……ええっと、それは」

「この方、紗季さんのお友達でしたよね。クラスメイトとのこと」

そう言って、鶴見が出してきたのは萌奈の写真だ。一緒に痴漢を捕まえた親しい友人だ。なぜ彼女の写真が、とぼんやり考える美夏の頭に、突然、火花が走った。

立ち上がる。

「彼女が、紗季がパパ活をしていたと言ったんですか？　なぜそんな嘘を！　どういうつもりで」

「順番にお話をしますので、いったん座ってください。驚かせて申し訳ありませんが、我々もある程度調べたうえで、申しあげております。……途中でご気分が悪くなったらおっしゃってくださいね」

雨宮が両手を前に出して、座れというのか、てのひらを軽く上下に振る。思えば彼女は来訪したときから自分のようすを見ていた。この話のせいか、と美夏は悟る。足元から、得体のしれないものがずり上がってくるような気がした。それに引きずられるように腰かける。

「まず最初に、安心なさってくださいとは言えませんが、紗季さんのしていたパパ活は、我々が今、調べる限りでは、深刻なものではなかったようです」

ゆっくりとした口調で、鶴見が言う。

「どういうことですか？」

「食事をした、一緒にカラオケをした。今、わかっているのはそれだけです。友人同士ならよくあること。ただ、未成年の少年少女が初対面の相手とそういうことをすると犯罪に巻き込まれるおそれがあるため、警察としては放っておくわけにいかないんです」

鶴見の説明は嚙んで含めるようだった。さらに続ける。

「パパ活というのは、主に女性がお金のある男性と、食事をしたりデートをしたり、さらには身体の関係を持ち、とそれぞれの行為の対価としてお金を得ることで……昔で言う援助交際のようなものですね。売春ではなく合意の上だと言われればそれまでで、既婚者が相手なら不倫になりますが、それも道徳上の問題です。ただしこの言い訳は成人同士だった場合のこと。未成年との性行為は淫行になり、処罰の対象になります。このパパ活、最近はマッチングアプリで出会うケースが多いんですが、未成年はさっき言った理由でアプリの登録そのものができないんですよ。では未成年者はなにを利用するのかといえば、各種のSNSです。隠語を使ってパパになってくれる相手を募集するんです。いくらで、どういう行為を希望するかも、です。けれど食事希望としていても、相手や状況によっては性犯罪に巻き込まれかねない。そこで警察は、パパ候補者より先に未成年者のSNSに接触し、犯罪に遭うからやめなさいとメッセージを送ったり、パパ候補者のふりをして直接相手に会ったりするわけです」

ここまでの話はわかりますか、とばかりに鶴見は言葉を止め、美夏を見つめてきた。美夏は小さくうなずく。

「こういう取り締まりをしているのは別の課なのですが、一昨日の夜、こちらの写真の方、池辺さんを補導しました。彼女が過去に紗季さんと一緒にパパ活をやったと認め、そこから我々に話が流れてきたというわけです」

「待って！　紗季と一緒にって、彼女が言っているだけでしょ。紗季はそんな……」

鶴見が申し訳なさそうに首を横に振る。

「相手の男をひとり、確認しています。紗季さんの写真を見せて、です。二対一でカラオケをしただけだと、本人はそう主張しています」

美夏の足のあたりでうごめくなにかが、胸元まで手を伸ばしてきた。息が苦しくなる。深くて冷たいどこか、沼の底にでも沈んでいきそうな気分だった。

「その男は、池辺さんと紗季さんの三人で複数回、カラオケに行っていました。食事だったこともあったそうです。本人はふたりの友人だと言い張りますが、そのたびにお小遣いと称して少ないながらも金を渡しているので、これはパパ活と見るべき行為です」

「……その男、いくつなんですか」

「三十四歳、紗季さんの倍の歳ですね。ただ彼には、事件の際にアリバイがあります」

アリバイという単語で、美夏は現実を思いだす。紗季はその男に殺されたかもしれないのだ。

「本当にたしかなアリバイなんですか？」

「電車で移動中とのことで、防犯カメラなどで確認を取りましたが、前後の行動からみて間違いはないでしょう。紗季さんがお亡くなりになったことも知らなかったようですよ」

「友人と主張するのに、です」

雨宮が不意に、辛辣《しんらつ》な言葉を吐いた。失礼しましたとつぶやいたものの、軽蔑の表情を浮かべている。鶴見が続けて口を開いた。

「それで夏川さん。その男にはアリバイがあったのですが、紗季さんにはほかの男性、不特定多数の男性との接点を持っている可能性があります」

「え……不特定多数？」

「池辺さんは、紗季さんに誘われてパパ活に手を染めたと言っています。池辺さんは、紗季さんと一緒に会った相手は二名だけと言っていますが、紗季さんがひとりで会っていた相手はわからない、どんなことをしていたかもわからないと」

「どんなことをって……」

鶴見がうなずいた。

「言葉通り、わからないということです。さっき、我々が今、調べる限りではと申したのは、そういう理由からです」

「そんなの嘘です。紗季は内気な子です。気弱ですぐにうつむいてしまう、自己主張の少ない子なんです。そんな紗季がいろんな男の人と会うなんて」

美夏はそう言いながら、親だからこその発言に取られるのではと恐れた。ほかに道理の通る理由はないだろうか。……と、思いつく。

「紗季にはボーイフレンドがいます。からかわれたくないみたいで詳しく聞かなかったけど、互いに好意を持っているようです。そんな相手がいるのに、パパ活なんて」

「遺書に似せたＬＩＮＥを受け取った小瀬樹さんのことですね。本人はプラトニックな関係で、まだつきあいはじめたばかりだと言っていました。……ただそういった相手がいても、パパ活をする女性はいるんですよ。身体の関係は持たず、食事やカラオケだけなのでもらうお金も少ない。罪悪感も大きくないんです」

紗季はそんな子じゃない。決めつけないでほしい。けれどどう言っても、このふたりにはわかってもらえそうにない。

美夏は恨みがましく、刑事たちの顔を見る。――刑事。彼らは紗季を殺した人間をつきとめるために探っているだけ、紗季を非難しにきたわけじゃない。理屈ではわかるけれど、感情が許せない。

「紗季さんのスマホはまだ復元できていません。TwitterやInstagramのアカウントはご存じですか？　ほかのSNSは？」

雨宮が訊ねてくる。美夏は首を横に振った。

「LINEしか把握してません。でもそれも、見知らぬ人から接触されない設定にしていたはずです」

「申し訳ありませんが、紗季さんの部屋をもう一回捜させていただけませんか。IDなどをメモで残している可能性があります」

鶴見が頭を下げる。先日の来訪の際にも、紗季の部屋を見せた。紗季は日記をつけておらず、彼らはスヌーピーの柄の薄いスケジュール帳を持っていった。そこにSNSのデータは書かれていなかったのだろうか。そこになければないも同じなのに。

そうは思ったが、美夏は仕方なくふたりを紗季の部屋に通す。

勉強机、本棚、作りつけのクローゼットから溢《あふ》れた服を収納する引き出しとハンガーラック。ベッドにはぬいぐるみ。整頓されているだけに、部屋の主《あるじ》の不在が目立っている。

ふたりは机に置かれた本やノート、教科書のページを一枚ずつめくっていた。メモが挟まっていないか捜しているようだ。

美夏は声をかけた。

「さっきも言ったけど、紗季が萌奈さんを誘ったというのは、彼女の嘘じゃないですか？　萌奈さんのほうが積極的な性格なんですよ。そこからみても逆だと思います。紗季はどういう理由でパパ活を提案したというんですか？」

「お小遣いが足りないからと、言っていたそうです」

雨宮が答える。だから自分の仕事のことを訊ねてきたのかと、美夏は納得した。

「やっぱり嘘よ、嘘。この部屋を見たらわかるでしょう？　欲しいと言われればだいたいのものは買い与えていました。追加の小遣いもあげられます。そういった稼ぎで買った、極端に高いものもどこにもないですよね？」

「夏川さん。今は、よほどのことをしない限り、パパ活相手から多くのお小遣いはもらえません。少なくともカラオケでは、五ケタは稼げません。友達と数回ファミレスに行く、それで消えてしまう程度なんです」

残念そうな、悔しそうな顔で、雨宮が言う。

「おばさんの認識は古いってことね」

「そんなことは……。ただ、それだけの金額でも欲しい子はいるんです。もう少し多く手に入れたくて、被害に遭ってしまう子も。それを見透かして餌をちらつかせる男もいます。紗季さんがお金を必要としていなかったとしても、相手の男がどう出るかはわからない」

紗季がそんな男に引っかかってしまったと、警察は見ているのだろうか。その考えは本当に正しいのだろうか。

美夏は納得できない。

痴漢に遭っても声さえ上げられなかった紗季だ。そんな紗季が、それ以上の危険がありそうなことをするはずがない。

「鶴見さん、雨宮さん。わたしはやっぱり違うと思います。紗季は死んでしまってもう声を上げられない。萌奈さんの話だけ信じるのはおかしくないですか?」

「もちろんです。我々はすべて信じているわけではありません。最初から可能性を潰していないだけです」

鶴見がそう言った。

自由にしていてくださいと言われ、美夏は家族の夕食を作ることにした。他人が家にいるのに、臥《ふ》せっているわけにもいかない。

期末試験期間に入った麻衣が早くも帰宅したが、ふたりはまだ紗季の部屋にいた。

「えー。着替えるに着替えられなくて、困るんだけど」

刑事が来ていると玄関で伝えたところ、開口一番、麻衣はそう言った。

「別の部屋だからいいじゃないの。……変な恰好、しないでよ」

「全然変じゃない。個性」

麻衣が鼻で嗤う。玄関のそばの壁に設えた鏡にその横顔が映っていた。唇が歪んでいる。横顔は本心を映しだすというのは、どこで読んだのだろう、ドラマのセリフだったろうか。注意したのは逆効果だったかもしれない。へそ曲がりの麻衣のことだ。わざとどんでもない恰好をしかねない。その点、紗季は素直だったと、美夏はまた悲しくなってくる。

「ねえ麻衣。今日、刑事さんから紗季のことでショックな話を聞いたんだけど。紗季が、おねえちゃんがね、……パパ活……してたみたいだって」

美夏が絞り出すように言うと、麻衣はまぬけを絵に描いたようにぽかんと口を開けた。

「まじ？」

「相手の……、一緒にカラオケに行ったという男の人が証言もしてるって」

「ああ、カラオケ……そういう感じのか。おねえちゃんもやるなあ」

「やるなあって、麻衣。納得しないでよ」

美夏が呆れてそう言うと、麻衣が大声で笑いだした。

「ちょっと、麻衣、やめて。あの人たちに聞こえるじゃない」

「いいんじゃない？　おねえちゃん、歌うまいから、リサイタルみたくなってそう」

「ふざけないでよ」

「えー。だっておねえちゃん、秘密主義っていうか、内面見せないから、そういうのもありえるのかなって」

「いいえ、ありえない。それに紗季は秘密主義でもなんでもない。内気でうまく自分を表現できないだけ。ママにはわかるの」

　はいはい、とばかりに麻衣が肩をすくめる。

「紗季の性格から考えて、知らない男の人と会ったりしないでしょ。なのに、そんな男の誰かに殺されたかもみたいなこと言って。いくらわたしが否定しても、可能性があるだの可能性を潰すつもりはないのって、あの鶴見って刑事さんのほう、それればっかり」

「なるほど、可能性男」

　麻衣が真顔でつぶやき、なにが面白いのかひとりでウケている。

「あんたって子は……。もうわけがわからない。親友だと思ってた萌奈ちゃんが、紗季が誘ったって言ってるらしくて。でも絶対それ、嘘。向こうが主導したに決まってる」

美夏の言葉の途中で、麻衣が小さく「あ」と言った。

「萌奈ちゃんって、池辺萌奈？　おねえちゃんと同じクラスの」

「そう。一緒に痴漢を捕まえた子。紗季に押しつけるようなこと言って」

納得したように、麻衣がうなずいた。

「理由、それか。停学になったって二年生の先輩が言ってた。でも理由までは先輩たちも知らないみたいで、なんでだろうって」

麻衣は萌奈の連絡先を知らないといい、先輩を通して訊くのも嫌がっていた。翌日改めて美夏が懇願するも、試験期間中に下手なことを訊ねて怒られたくない、自分も図書館で勉強に集中すると言って朝から出ていった。土曜日だが、博正は仕事だ。

昨日の刑事たちに、持っていった紗季の手帳に友人のアドレスはあったかと訊ねたが、ないと言われた。いまどきは連絡先をスマホにしか入れない人が多くて自分たちも困るのだと苦笑していた。そんな彼らは、収穫のないまま帰っていった。

どうしよう、と美夏はため息をつく。葬儀の芳名帳を見たものの、クラスで揃って参列したせいか萌奈の名前は残されていない。が、小瀬樹の名前を見つけた。紗季を捜した際に電話番号を交換していたことを思いだす。

「池辺さんの連絡先ですか？　わかりますが……勝手に教えていいかどうか」

小瀬はよくしつけられた良識的な子のようだ。でももう少し柔軟性を持ってほしい。

「紗季の話を聞きたいんです。学校でどう過ごしていたか、わたしにはわからないので……」

美夏の声に嗚咽が交じった。演技ではない。紗季のことを思うと自然に泣けてくる。

「そう、ですよね……。ああ、塾では、姿勢よく背中をピンと伸ばしたようすが印象的でした。おとなしいんだけど、なんていうか、凛とした感じがあって、輝いて見えたんですよね」

小瀬の沈んだ声がする。

「そう……、小瀬くんにもゆっくりうかがいたいです。でもまず女の子の友達からって思ってしまって。心の準備というか、おばさん、度胸がなくて。それで、休みの日のほうが萌奈さんも都合がいいかと。でも出かける用があるかもしれないから、早く連絡をつけたくて」

納得したように「ああ」と短い返事があり、小瀬から萌奈の電話番号が教えられた。住所までは知らないという。

「でも最寄り駅は西高蔵《にしたかくら》駅だと聞きました。名城《めいじょう》線の」

「小瀬くん、萌奈さんと親しいの?」

「い、いえ違います。塾友達です。あのっ、例の痴漢を捕まえるとき、そういう話をしたんです。西高蔵から伏見に来るには、途中で乗り換えて学校へは大回りになりますよね。本来のルートから外れるから、定期券で行けるのかとか、そういう」

焦ったような話し方だった。ガールフレンドの母親に誤解されたくないのだろう。

美夏は少し可笑《おか》しくなる。

「わかった。ごめんね、変なこと訊いて」

「いえ。……僕ホント、池辺さんはタイプじゃないって断ってますから。元気すぎて」

え、という美夏の問いは、喉に押し込めた。だが沈黙で伝わったのだろう、いっそう焦ったような息遣いがした。

「あの、冗談だって言ってましたから。ずいぶん前だし。あ、えっと、じゃあその」

「ふふ、そうですよね。わかりました。ありがとう。また連絡するかもしれないけれど、よろしくね」

「はい、失礼します」

余裕ある大人の対応をした美夏だが、心臓は激しく跳ねていた。

紗季の好きな相手を、萌奈もかつて好きだったということ？　それは「ずいぶん前」で終わっているのだろうか。昨日は驚きのあまりに気づかなかったけれど、萌奈が補導されたという水曜日は、紗季の葬儀の日だ。泣いて参列した何時間か後に男を探すだなんて、どういう神経をしているのか。

萌奈は、本当に紗季の親しい友人なんだろうか。

近くまで来てるんだけど紗季の話を聞かせて。電話のあとそう切り出せるよう、美夏は熱田《あつた》区の西高蔵駅までやってきた。浄心駅からは地下鉄で約二十分、熱田神宮の北西一キロほどの位置にある駅だ。地下鉄からの階段を上がると、車線の多い国道沿いに出た。そのせいもあって空が広く感じる。歩道も広く、ビルも見えるが乱立しているほどではない。こころなしかゆったりした空気が漂っている。

けれど美夏の気持ちは波立っていた。なんと言えばいいだろう。まずは疑念を持たれないように呼びださねば。

美夏は歩道の端に寄り、電話をかけた。

「自宅で謹慎中なんです。外出したら怒られちゃいます」

あっさりと、萌奈は断ってきた。

「……そ、そうなのね。あの、学校での紗季のようすを聞ければと思って」

ふ、と鼻で嗤うような音がスマホの向こうから聞こえた。

「謹慎の理由、訊かないんですか？　というより停学のことご存じですよね。警察から連絡来たから電話してきたんでしょ。そうです、紗季とパパ活してました。ひとりでやったとたんにすぐ捕まっちゃうなんて、運、ないなあ」

不貞腐れたような声だった。葬儀会場では声を詰まらせていたのに。

いつ電話を切られるかわからないと、美夏は本題に入ることにした。

「紗季があなたを誘ったって警察に話したそうだけど、本当なの？」

「本当ですよ。だからあたし、捕まっちゃったんですよ。紗季はそこのとこ、うまくやってたんだと思います」

「どうやって？　警察はSNSがどうこうって言ってたけど、そういうツールを使ったの？」

「聞いてません。全部、紗季が段取りしてくれたんです。あたしは、あそこで待ち合わせね、って言われたところに行く、それだけだったから」

萌奈がすらすらと答える。警察にもそう答えていたのだろう。

美夏は、萌奈を責める覚悟を決めた。冷静に、と思いながらゆっくり声を出す。

「紗季の性格から考えて、知らない男性と会うなんてやりそうにないんですよ。あなた、紗季がもう言い訳できないから、嘘をついているんですよね」

「決めつけないでください。あたしのことも、紗季のことも。親が見てる子供の姿って、一部分ですよ。朝起きてからと帰宅してからのちょっと。一緒に過ごしてるの、それだけじゃないですか」

「紗季は痴漢に遭っても声を上げられなかったような子です。自分の保身のために話を歪めないで」

「紗季のお母さんこそ、紗季を自分の理想の形にしようと歪めてたんじゃないですか？　本当の紗季のこと、どれだけ知ってます？　紗季、嫌がってましたよ。お母さんが、自分のことをお母さんの思い通りにしようとするって。進ませたい道に誘導するって」

　美夏の身体が熱くなる。

　紗季とは最後に、そんな言い争いをしていたのだ。提案って言いながら押しつけてるじゃないの、と。そして紗季は家を出ていった。それきり戻らなかった。

　十二月の風は、晴れていても冷たい。けれど美夏は厚手のコートの下、汗ばんでいた。

「そ、そんなことは……」

「紗季、そういうのやっぱ、言えてなかったんですね。言っても聞いてくれないってこぼしてたし」

「……あなたね、あなた……、今はあなたが警察についた嘘の話をしてるのよ」

「嘘じゃありません。誘ってきたのは紗季です。もしかしたらお母さんに対する反発の気持ちがあったかもしれないですね。あ、今、自分で言って、すごく納得しました。そういうことかー。あと、痴漢に遭うこととパパ活をすることはまったく違いますから」

「……どこが」

「他人がいきなり触ってくるのと、自分で相手を選んでおしゃべりするのと。あたしたち、ご飯を食べてカラオケしただけですよ。デュエットはしても手さえ触れさせなかった。全然違うでしょ」

だけど知らない男という点では同じじゃないか。そうは思うものの、美夏はうまい反論を思いつかない。紗季との言い争いがよみがえり、萌奈に訊ねたかったことが出てこない。

「紗季と一緒に会った相手はふたりいて、三十代半ばのオジサンと、二十代だって自分で言ってたオジサンです……そうは見えなかったけど。でも紗季がひとりで会ってた相手は、あたしには知りようもないし。そいつらの誰かが紗季を殺したんじゃないですか？　警察だってそう思ってるんでしょ」

「殺したって、あなた……、そう思いながらよく、新たに知らない人と会おうなんてことができますね。怖くないの？」

どういう考え方をしているのだと、美夏は頭が混乱する。

「……気をつければいいかと。捕まっちゃった人間の言うセリフじゃないか」

ふふ、と萌奈が笑う声がした。

美夏にひらめくものがあった。紗季がひとりで知らない男と会うはずはない。だけどそう告げることで、そういった男の犯行だと警察を誘導したいのではないか。

まさか、紗季を殺したのは……

「あなた、……あなた紗季が死んだとき、どこにいたの？」

「え？」

「先週の金曜日。夕方……、五時ぐらい」

美夏は声を震わせた。動機はある。小瀬だ。三角関係……萌奈は一方的に想いをこじらせていたんじゃないか。痴漢の示談金のことだってある。学校で噂になったというけれど、その話は誰から出たんだろう。知っているのは萌奈ぐらいじゃないか。

「あたしにアリバイを訊いてるの？　ふざけんじゃない！」

「ふざけてない。あなたはどこに」

「塾！」

それを最後に、電話が切られた。

美夏は、汗が止まらない。


週が明けての月曜日、麻衣が珍しく強張った顔をして帰ってきた。葬儀だなんだと忙しかったせいで勉強が進まず、試験ができなかったのかと思ったが、麻衣は首を横に振った。

「おねえちゃんのこと、噂になってる」

「……例の示談金のこと？」

「違う」

萌奈が停学になった理由について、試験中にもかかわらず、逆に気分転換の意図もあったのか、二年生のグループＬＩＮＥが盛り上がっていたそうだ。以前、萌奈が繁華街で中年男性と一緒にいたのを見たという目撃談から、パパ活ではないかとなり、紗季の姿もあったような、という真偽の曖昧な話が出たらしい。

「それ、誰から聞いたの」

「朝、二年生の先輩から。その先輩は心配してくれたんだけど、試験の終わった放課後には、同級生からも訊かれた」

美夏がパパ活の話を伝えたときはふざけていた麻衣だが、他人から言われたのはショックだったのだろう、悔しそうに唇を噛んでいる。

「紗季がそんなことする子じゃないって、みんな、疑ってないの？」

「そこまで知らない」

吐き捨てるように言い、麻衣は自室に入っていった。

8

琴絵は、篤志に離婚を切り出すタイミングを狙っていた。

これ以上は一緒に暮らせない。ストレスばかりで、おなかの子に影響が出そうだ。不安になって病院に行ったところ、血圧が高めに出ていると言われた。担当の医師からは、念のため血圧計を買って記録をするようアドバイスを受けた。

どうすればうまく別れられるだろう。いざとなれば逃げられるよう、まず仕事を確保しなくては。多少の貯金はあるけれど、生活費に回すのは危険だ。経理の仕事はもう一人前なので、どこかで雇ってもらえないだろうか。リモートワークをしている会社なら、産んでも早くから働けるのではないか。甘いだろうか。

琴絵は転職サイトに登録をした。条件から絞り込みをしていく。予想していたより多くの会社がヒットした。妊婦の自分を雇ってくれるかどうかわからないが、訊ねてみないとはじまらない。

夕食の用意はもう終えた。琴絵はスマホの画面に夢中になった。カトラリーだけ用意したダイニングテーブルの椅子に座って見ていたら、根が生えたように動けない。

「おい」

急に背後から声をかけられて、琴絵は飛び上がりそうになった。いつ帰ってきたのか、篤志がスマホを覗きこんでいた。

「お、おかえり。今、お肉を焼くから」

「なにを見てたんだよ、そんなところで。いつもは腰が冷えると言って、ソファでブランケットにくるまってるくせに」

篤志がスマホを取りあげる。慌てて取り返そうとして、琴絵はつまずきそうになる。椅子の背をつかんでこらえた。

「おいおい、危ないだろ。琴絵ひとりの身体じゃないんだから、しっかりしてくれよ」

「スマホ、返して」

「なにを見てるのかって、それだけだよ」

「勝手に見ないで」

「僕が通信料を払ってるんだから、いいじゃないか」

そう言った篤志の表情が、画面を指でスクロールするうちに曇っていく。

「……会社、辞める気か?」

「ち、違う。お給料の相場を知りたくて」

「相場以上のはずだ。不満ならお袋に言えばいい」

「だから不満とかじゃなくて……そ、そう、あたしが産休の間、誰かを雇わなきゃいけないじゃない。派遣さんに来てもらうにも相場がわからないと」

ふうん、と篤志は冷たい目で見てくる。

「なんか、気に入らないな。上に相談はしてるのか?」

上とは、経理部の部長や文子のことだ。

「相談するには資料がいるじゃない。引き継ぐべき仕事やかかる時間、お給料の相場も。そういうの、ちゃんと揃えないと」

「なんかごまかされた気もするが……、まあいい。夕食が肉なら赤ワインを開けたい。いいのをな。琴絵は飲めないから申し訳ないけど、朗報が入ったんだ」

「朗報って?」

なんだろう。その話を盛り上げて、転職サイトのことは忘れてもらおう。琴絵はそう思い、笑顔を作る。肉を焼くべく、キッチンに向かった。

「示談金を取り返せるかもしれない。一度示談書を交わしたら無効にできないのが原則だそうだが、詐欺に遭ったなら別だっていうし。難しいなら名誉毀損で相応の損害賠償金をもらう手もあるだろう」

「示談って……なんの？」

「痴漢のだ」

篤志がにやりと笑う。

「……この間の、夏川さん？」

「ほかにいないだろ」

「どういうこと？　詐欺ってなに」

「弁護士の川端先生に相談してるって言ってただろ。M女学院界隈から耳寄りな話を手に入れたんだ。なんと、夏川紗季はパパ活をしていたそうだ」

得意げに、篤志は人さし指を立てる。

琴絵は困惑した。パパ活って、どこかの政治家のスキャンダルとして一時期話題になったあのパパ活のことだろうか。あんなにおとなしそうな女の子が？

「していたそうだ、って……、本当に？」

「ああ。親友が補導されてわかったらしい。その子は停学処分を受けた。その親友が僕を嵌めたもうひとりの女子高生だ」

「嵌めた？」

「ああ。僕はあのふたりに嵌められたんだ。あいつら、金をもらって男と寝るような連中だったんだ。あいつらが僕を無理やり痴漢に仕立てた。つまりは痴漢詐欺だろ」

「だけど警察が」

「警察もまるめこまれたんだ。泣き真似ひとつで騙されたんだ。きれいな子だったから目が曇ったんだろ。ビッチに転がされやがって」

篤志が侮蔑の言葉を吐く。いくら腹立たしいからといって、ひどい言いようだ。

「……証拠があるって聞いたけど」

琴絵のつぶやきに、篤志はすっと視線を逸らす。

「ねえ。手に衣服の繊維片がついたんじゃないの？　……違うの？」

「当たれば繊維ぐらいつくさ」

背を向けた篤志が、ぶっきらぼうに言った。さっきまで嬉々としていたのに、と琴絵はその背に疑いの目を向ける。やはり、痴漢をしていたのでは。パパ活をしていたという攻撃材料ができたから、ごまかせると思っているのでは。

どちらが本当なのか、琴絵には判断がつかない。けれどもう、篤志を信じることができない。

「どれがいいかな」

篤志はそのまま冷蔵庫の脇にあるワインセラーに向かった。一本取りだしては眺め、また取りだしては眺めている。

9

彼女の嗅覚は人並外れているんじゃないか。美夏は、マンションの入り口に立つ人影を見て呆れた。面《つら》の皮も並外れて厚い。槙野のことだ。トレードマークなのか、今日もモッズパーカー姿だ。

買い物を済ませて帰ってきたところだった。肩にかけたエコバッグが重い。やっと普通に買い物ができるようになったのだ。家族が暮らすためには、いくら辛くとも自分が動くしかない。萌奈を調べはじめてから気力が湧いてきたというのが、正直なところだが。

「お話があります」

槙野がそう言って、頭を下げてくる。

「わたしにはありません。あなたに話すことなんてこれっぽっちもない」

早く部屋に戻りたい。気持ちを乱されたくない。

「紗季さんがパパ活をしていたという疑いがかかっていますが、本当のことですか？」

槙野が、潜めた声で訊ねてくる。

「……あなたね、こんなところで訊いてくるなんて脅してるつもり？」

マンションの入り口など、いつ誰がやってくるかわからないのに。

「すみません。にわかには信じがたくて」

「わたしだって信じてません」

「M女学院で噂が立っています。紗季さんが友人を誘ってパパ活をしていたという」

「言われなくても知ってますよ。下の娘が通ってますから」

「名誉を挽回したいと思いませんか？　今すぐ記事にする気持ちはありません。私がうかがったことのある紗季さんと、パパ活という単語が結びつかないので、なにかあるのではと思いました。以前もお話ししましたよね、性犯罪を自分のテーマにしていると」

美夏は槙野を睨む。

魂胆など見え見えだ。味方のふりをして情報を引きだしたいのだ。紗季のためと聞けば、自分はいてもたってもいられなくなる。この女にはそれがわかっているのだ。

「なによりも、紗季さんを殺したのは誰か、突き止めたいと思ってらっしゃいますよね」

「それは警察の仕事でしょ」

「お耳に入れたいことが、あるんです」

槙野が美夏の目を見つめてくる。狙いはわかっているのに、乗らざるを得なくなってしまう。

悔しい。

「……じゃあ十分だけ」

美夏はエントランスに入り、オートロックを解除した。

お茶は出しませんと美夏が宣言したら、槙野はかまいませんとホットのペットボトルを鞄から出した。まだ温かいようすだ。

「カイロ代わりにしていたの？」

「それもあるけど、コンビニでちょっとした聞き込みを。紗季さんが亡くなる少し前に、彼女のことを探ってた人がいたそうです」

美夏は目を瞠る。

「どういうこと？　誰が？」

「写真を見せて、この女の子を知らないかと訊かれたそうです。その子は、ああ、店員さんのほうですが、その子は答えなかったので、会話はすぐ終わったとのこと。訊ねてきたのはおばさんだそうです」

先日も持っていたノートを、槙野はテーブルに広げる。

「おばさん……って。体型は？」

美夏の頭に浮かんだのは琴絵だった。槙野が「その子」と表現するということは、店員は若いのだろう。若い子は誰でも彼でもおばさんと言う。

琴絵は最初の連絡の際に、弁護士から電話番号を聞いたと言っていた。謝りにうかがいたいと言っていたから、住所も知っている可能性が高い。でもなにをしにきたのだろう。

「……彼女が紗季を殺すとは思えないんだけど」

なんの気なしにつぶやいた美夏の言葉に、槙野は反応した。

「彼女って、どなたのことです？」

しまった、と美夏は視線を逸らす。だが槙野は重ねて訊ねてきた。美夏は仕方なく答える。

「痴漢をした男の妻なんじゃないかと思って。謝りたいって連絡されて会ったことがある。紗季の葬儀のあとも、お悔やみの電話をかけてきて」

「お悔やみの電話というのは、警察の捜査のようすを探っているような?」

槙野もまた、探るような口調だ。

美夏は考えこむ。犯人がどうこうという話はしたけれど、持ち出したのは相手からだっただろうか、自分のほうだろうか。頭が渾沌としていたころだ。覚えがない。

「……紗季は自殺したのだと思って、最初は警察からもそう言われたので、わたし、頭に来て向こうの会社に乗りこんだのよ。痴漢に——彼女の夫に、あなたが紗季を殺したんだと言ってやった。それを怒った夫が名誉毀損で訴えると言いだしたらしくて、形だけでも謝ってことを収めてほしいと。電話の内容はそんな感じでしたね」

神妙な表情で聞いていた槙野が、眉をひそめた。

「お悔やみを言いつつ、美夏さんに謝れと? 失礼な人ですね。よほど夫の抑圧を受けているんでしょうか」

「さあ。でも変わった人だと思う。妊娠中だけど離婚しようか迷っているって、なぜかわたしに相談してきて」

「妊娠？　お幾つぐらいの方ですか」

「三十……ちょっとぐらいかしら。いってても三十代半ば」

「その方ではないのではと思います。地味な感じの女性、中肉中背でいかにもおばさんっぽい恰好、五十代ほどに見える、と言っていました。ただ答えてくれた店員は二十歳そこそこなので、おばあさんには見えない中年女性、といったあたりかもしれません」

槙野が、やっと美夏の訊ねた答えを返してくる。先にそれを聞いていれば余計な話をしなくて済んだのに油断がならない。気をつけねば、と思ったあとで、だったらその女性は誰なのだろうと、美夏のなかに不安が充《み》ちてきた。

「気味が悪い。まったく知らない人が探ってたってことよね」

うつむいて考えこんだ美夏に、槙野が言った。

「M女学院の近くでも紗季さんのことを訊きまわっていた女性がいるようです」

美夏は顔を上げる。

「……それ、あなたじゃないの？」

槙野が目を丸くした。

「いいえ。私はそんなことはしていません。そういえばお葬式のときもそんなようなことをおっしゃってましたね。でも、私は紗季さんが痴漢の被害者だと悟られないように対処しています。それは以前にも、申しあげたとおりです」

「それをそのまま信じられると思います？」

美夏は槙野を睨み、続けた。

「高齢女性に親切にしたというあなたの記事も、紗季のことだとすぐバレます。あれも学校周辺で訊いたんでしょ」

「……情報源を明かすことはできませんが、私は生徒のひとりと個人的なつながりがあります。パパ活の件もその子から聞きました」

「スパイってこと？」

「探らせてるわけではありません。私が誰彼かまわず訊く必要はないと、そう言いたいだけです」

「誰に訊いたのだとしても、気持ちが悪い」

槙野が素直に頭を下げる。

「すみません。嫌な顔をされることは承知しております。だからこそ、見境なく訊ねまわるような真似はしません。特に今回のようにセンシティブな事件の被害者側に対しては、我々なりに気を遣います。そういう探り方をするのは素人……一般の人かと思います」

どうだろうと、美夏は眉に唾をつける。図々《ずうずう》しい記者は昔からいくらでもいる。

……いた。二十年ほど経って、多少はコンプライアンスに気を配っているのかもしれないけれど。

だけど、誰かが紗季のことを探っていたのだ。近所まで来て、学校の近くにも現れて。その誰かが紗季を殺したんだろうか。それとも萌奈が？　警察の言うようにパパ活相手の男？　琴絵だって、本当の姿はわからない。

材料がまるで足りないのだ。だから――

槙野を利用しよう。槙野だって、自分の記事のためにこちらを利用している。逆のことをしてなにが悪い。素人の自分がなにかを得るのに一日かかるところを、彼女なら半日でできてしまうかもしれないのだ。

「今の話、刑事さんに伝えていい？　あの人たちまだ、いろんな可能性の中から犯人を捜してる段階で、全然、進展してないみたい」

いいですよと槙野がうなずく。魂胆が透けて見えていると、美夏はせせら笑った。

「警察に聴取されたら、逆に情報を引きだせるかもしれませんしね」

「どうでしょう。お葬式のときにも訊ねられたのでこちらも質問しましたが、答えてくれませんでした。警察も、そのぐらいのことは調べが済んでいるような気がします」

「あなたはその女のことを調べるの？」

「はい、そのつもりです。でも警察と違って、私では防犯カメラの映像が手に入らないので、すぐにわかるというわけには」

「なにかわかったら教えて。その代わり――」

「その代わり、なにか情報をいただけるんですか？」

槙野がゆっくりとほほえみ、ペンを握った。


美夏は、琴絵と萌奈の連絡先を槙野に伝えた。自動的に、痴漢の名前は高奈篤志だと伝えたことになる。

だがかまわない、と開き直る。自分はプロだと槙野が言うなら、誌面に彼の名前を出すことはないだろうし、情報源も明かさないはずだ。

槙野はふたりに接触するだろう。彼女がどんな情報を取るつもりか知らないけれど、なにか新しいことを自分にもたらしてくれるに違いない。

萌奈が、パパ活を持ちかけたのは紗季だと警察に言っていることは伝えたが、紗季が殺された時間は塾にいたと自分に答えたことと、そのアリバイが嘘だったことは言っていない。美夏にとっては切り札だ。槙野から萌奈に伝わるのを避けたかった。

アリバイが嘘だと知ったのは、小瀬へのお礼の電話がきっかけだ。紗季を含めた三人が塾友達だと思っていたけれど、彼はあっさりと、萌奈はもう塾をやめていると言った。

萌奈はいつ塾をやめたのかと美夏が問うと、正確にはわからないが痴漢を捕まえたころにはやめていたと言う。作戦を立てていたとき、最近姿を見かけないけどどうしてるのかと訊ねたら、やめたという返事が戻ってきたそうだ。

自分が電話で詰め寄ったため、萌奈はとっさに答えたのだろう。すぐバレる嘘をつくなんて舐《な》められたものだ。

夕食の用意をしていると麻衣が帰ってきた。今日で試験は終わり、吹奏楽部の練習も再開している。

ただいまのひとことを残し、麻衣はすぐに自室に入ろうとする。美夏は扉を押さえて止めた。

「ちょっと待って。話があるの」

めんどうそうな表情をした麻衣が、半開きの扉の向こうから見てくる。

「なに。あたし今日疲れてて、早く寝たいんだけど」

「寝るの？　ごはんも食べずに？」

「……そのまえに少し横になりたいってこと」

「まえに麻衣が言ってた変なおばさんの話、覚えてる？　痴漢がどうって生徒に声をかけた、紗季のことを探ってるんじゃないかっていう、吹奏楽部の先輩から聞いた話」

「覚えてるけどそれが？」

「その話をもっと詳しく訊いてきてほしいのよ。ママ、その人はてっきり記者だと思ってたんだけど、違うってわかったの。そのおばさんが紗季をどうかしたのかもしれない」

「はあ？　どうかってなに。おねえちゃんを殺したとでも？」

麻衣が鼻で嗤った。

「そんな顔しないで。その人、この近所でも紗季のことを訊きまわってたみたい。怪しいでしょ。だから――」

「いいかげんにして！」

半開きだった扉を、麻衣は全開にした。勢いで大きな音がした。

「それ、調べてどうするの。ってか、なんであたしに調べさせるの。先輩に訊ねて、先輩の友達にも訊いてもらって、同情二割に興味八割の質問を笑顔でかわして、ペコペコ頭下げて、当分頭が上がらなくて気を遣って。疲れるの！　だいたいそれ、どんなメリットがあたしにあるの」

「……メリット？　自分の姉のことなのよ？」

「そうだよ。姉だよ。でも自分じゃない」

美夏は耳を疑う。なんてひどいことを言うんだろう。

「な、なんでそんなに自分勝手なの。麻衣は悲しくないの？」

はあぁ、と麻衣がわざとらしくため息をつく。

「悲しいよ。あたしが悲しんでいることぐらいわかるでしょ。だけど悲しければ自分と同じ行動をするはずって、その考え方は変。こっちにはこっちの学校生活があるの」

「こっちの学校生活って……。紗季にはもうそれさえないのよ。麻衣、自分のことばかり考えてちゃ駄目。少しは紗季を見習って、素直で優しい子になって」

麻衣が、眼鏡の奥で目をいっぱいに見開いた。

「呆れた。自覚がないってすごいな。自分のことばかりなのはお母さんじゃない」

「なにを言うの。ママは紗季のために――」

「って言いながら、お母さんはおねえちゃんを自分の好きなほうに誘導してたじゃない。おねえちゃんのことを素直だと思えるのは、お母さんの思い通りに動いてたからだよ。お母さんはいつも、おねえちゃん自身に考えさせることを阻んでた。いつだったかも言ったじゃない。お母さんのせいで、おねえちゃんは気が弱くなっちゃったって」

美夏の手が麻衣の頰へと伸びる。と、その寸前で麻衣の手が止めた。
「図星だった？　だよね。図星つかれて叩いてくるなって思った」
「どうして……、どうしてあなたはそんな……」
自分は育て方を間違えてしまった、と美夏はうなる。
「放置されてたからね。お母さんはおねえちゃんのことばっかで、小さいときから
ずっと連れて回ってて、あたしのことは眼中になかった」
「それは紗季がモデルや子役をしていて親のサポートが必要だったからよ。麻衣も
一緒にやっていれば――」
美夏は、紗季の言葉を思い出す。
――ママが麻衣をないがしろにしてたからだよ。
――麻衣がおねえちゃんみたいにできないから撮影に行けないのよ、って責めた
んだよ。
本当に、自分はそう言ったのだろうか。紗季に言われたときは信じられないと思
ったけれど、いま口をついて出た言葉はそのままだ。美夏は自分で自分に驚く。
麻衣が冷ややかな目で見ていた。

「そうだね。昔もそんなようなこと言われたっけ。でもあたし、楽しくないのに笑うなんて無理なんだよね。向いてなかったんだよ」

「……ごめんなさい、麻衣。でもそのころママは余裕がなかったの。パパは仕事で遅いし、全部ひとりでやらなきゃと思って抱えこんで。あなたを傷つけてたこと、謝るね」

麻衣が声をたてて笑いだす。

「なに？　どうしたの。さっきまでぷりぷり怒ってたのに、なに謝ってんの。謝って自分の思い通りにしようってこと？　あいにくあたし、おねえちゃんみたいに素直じゃないから」

「そうじゃなくって」

「もう子供じゃないから、自分の扱いがおねえちゃんと違ってても気にしてないよ。あたしはあたし、ひとはひと。そうは言っても、今日、試験が終わって、久しぶりに部活して、すごく疲れてるの。おねえちゃんのことで意味深な目を向けてくる子もいるし。基本、気にしないことにしてるけど、ストレスは溜まってるわけ。さすがにその程度は察してよ。……ま、察せられないなら仕方ないけど、自分の要求ばかり言わないで」

じゃあね、と麻衣が扉を閉めた。

10

スーパーで買ってきた総菜を、恵理子はパックのままダイニングテーブルに載せた。ひとりの夕食になってからそろそろ一ヵ月半になる。食事はスーパーの安売り商品か、煮物を大量に作っておいて少しずつ消費するかだ。ひとりきりだと外灯もつけなくなった。自分のあとに帰ってくる人間がいないのだ。

もそもそと、恵理子は油揚げを口にする。そうやって食べながらノートパソコンを眺めるのが日課だ。

と、Twitterに新たな動きがあった。

やっと期末試験が終わった、という書きこみは、M女学院の生徒のものだ。恵理子は十日ほど前にそのアカウントを見つけ、いつか役に立つのではと観察していた。その発言に、リプライがつけられた。「ななちゃん猫まみれ」というアカウント名で、「ん」と「猫」の間に猫の絵文字が入っている。アイコンは名古屋のシンボルともいうべき街頭の巨大な人形、ナナちゃんだ。

——パパ活で停学になった子、かわいそう。試験が終わるまで待ってあげればいいのに。追試受けられるんだよね？

パパ活？

恵理子は、言葉の意味がすぐにわからなかった。しかし自分は今までとは違い、ネットを使いこなせる。すぐに検索して調べた。昔は援助交際と呼んでいたものが、こんなにも軽い言葉になったのか、と呆れつつも納得する。それにしても売春を活動と称するとは、さすがに還暦間際の頭では発想についていけない。

そのパパ活を、M女学院の生徒がやっていたとは。お嬢さま学校とは思えない子がいると感じていたが、お嬢さまという存在そのものが消えたのだろうか。

リプライをした「ななちゃん猫まみれ」は、さらに発言をつなげていた。

――彼女、例の痴漢被害者の友達だよね。被害者って言ってる子も、パパ活やってたんでしょ。停学にはなってないけどね、だってもう死んじゃったから（汗）

「えっ！」

と恵理子は大声を出して、思わず手で口をふさいだ。誰が聞いているわけでもないが、そのままのポーズで、「うわあ」と感嘆する。

あの子、夏川紗季もパパ活をしていたのか。おとなしそうな見かけだったのに、とんでもない。

そう思ってすぐ、自分の考えに笑った。タレントでも女優でも、清純派を謳《うた》う子がとんでもないことをしていたゴシップなんて山ほどあるではないか。アイドル的にもてはやされていたタレントが不倫をしていたとか、二十代女性の憧れと冠される女優が薬をやっていたとか。あれは恋人だった映画監督が、薬の飲みすぎで死んだんだっけ。当時、スキャンダルとしてテレビが騒いでいたように記憶している。見かけで判断してはいけないのに、人はどうしても騙されるのだ。

やっぱりあの子、死んで正解なのだ。

恵理子は自分の——祥平のアカウント「夜見ヨミ黄泉」で、最前の発言を引用ツイートしようと、コメントの欄を開ける。「死んで正解の子だったね」と書きかけて、これは見ず知らずの人に投げかけてよい言葉ではない、と消す。

けれどなにか言いたかった。発言を読んでの正直な思いを伝えたかった。真実を知って腑《ふ》に落ちた、納得した、もっと突き詰めれば、正義が為されたとでも言おうか。

祥平もきっと、夏川紗季は被害者を装う一方で、自分の性を売り物にしていたのだ。こういう子に嵌められた。

――その子、本当に痴漢被害者？　ふりだったんじゃないのかな。冤罪作ってお金を巻きあげようとしたんじゃない？

これならいいんじゃないだろうか。自分は疑問を投げただけ、断定はしていない。

恵理子は「ツイートする」というボタンをクリックする。

目の前の液晶画面に、自分の発言が現れた。眺めているうちに、動悸《どうき》がどんどん激しくなってくる。最初に俊介に釘をさされてからずっと発言していなかったのだ。一度だけ動画をリツイートしたものの、メッセージを無視されて取り消していた。だから「夜見ヨミ黄泉」としてのツイートは、ほかの人の発言を引用してのものとはいえ、四十余日ぶりとなる。ドラマに対する他愛ない感想の次が、今の発言だ。脈絡がないと不審がられないだろうか、罵倒されたらどうしよう。恵理子は息を潜めながらノートパソコンを見つめる。

「ななちゃん猫まみれ」が、恵理子の発言をリツイートした。さらに引用ツイートの形で「そうかもねー」と賛同の言葉を寄せてくる。

恵理子は大きく息を吐く。

同じ考えを持っている人だった。よかった、と。

緊張のあまりに喉の渇きを覚えた。湯飲みのお茶はもう少なくなっている。急須はシンクそばのワゴンに置いたままだ。恵理子はお茶を淹れに立ち、ついでにと水道から水を汲んで一杯飲む。戻ってきて画面を見ると、自分の発言がさらにリツイートされていた。賛同のリプライも入っている。知らないアカウントだ。

自分が思っている以上に、同じ考えの人は多いのだ。なんだ、自分は正しいじゃないか。そう思いながら、新しいお茶を一口。そしてうなずく。

祥平のことをわかってくれる人が、この中にいるかもしれない。もしかしたら、祥平の冤罪を証明してくれる人もいるのかも。夏川紗季はかかわっていなかったのかもしれないけれど、どこかにあの日の女子高生はいるのだから。

恵理子はツイートの欄に、文章を書いては消し、消しては書いた。さらに何度か読み直した。口にも出してみる。

——そういえば、その痴漢騒動の前、十月末に、同じ東山線でほかにも痴漢騒ぎがあったんだよね。同じ学校の生徒が絡んでる。ホームに男の人を引きずり降ろして痴漢だって罵倒して、男の人はびっくりして逃げたんだ。あれも冤罪だったんじゃないかな。同じ子かな、違う子かな。かかわった生徒、知らない？

祥平が地下鉄に轢かれて死んだことは書かないことにした。「ななちゃん猫まみれ」の痴漢被害者が死んだというツイートに、「祝・死亡」「世界がひとりぶんキレイになった」という、ひどい言葉が投げかけられたのを見てしまったのだ。「死んで正解」と書こうとした自分だが、それはよくないからやめた。だが善悪のわからない人もいる。そういう浅はかな人の揶揄の対象にはなりたくない。

自分はただ、祥平の事故の手掛かりがほしいだけ。

もう一度読み直し、いざ、とクリックした。

祈るような気持ちで、じっと画面を見つめる。

しばらくすると、「ななちゃん猫まみれ」が恵理子の発言をリツイートした。今回も、引用ツイートをしている。

――うわ、ひどい。そんなことあったんだ。それも冤罪？　お金目当てだったのかな？　逃げられてよかったね。

よくはない。逃げたあと轢かれてしまったのだ。けれど、それは恵理子自身が説明しなかったせいだ。いまさら、死んだんですとは書けない。

その発言にも、元の恵理子の発言にも、しばらくするとリツイートの印がついた。「まじ？」「知らない」「よくあること」という白けたリプライもあったが、「ひどいな」という賛同の声もついていた。見る間にリツイートの数が増えていく。これは拡散という現象ではないかと、恵理子は興奮した。

大きな湖に石を投げるような、むなしい行為かもしれない。それでも波紋はできる。うまく広がってくれれば、祥平を死に追いやった子がわかるかもしれない。

祥平の死の責任を取らせるのだ。

恵理子は、液晶画面を睨みながらリツイートの数字が増えるのを待つ。

最初のツイート、「やっと期末試験が終わった」というM女学院の生徒の発言が消された。恵理子はそれを知らないままだ。

11

美夏は、槙野の帰った直後から何度も鶴見に連絡を入れていたが、話ができたのは夜も遅くなってからだ。

「紗季さんを探っていた地味な感じの五十代ほどの女性、ですか？」

鶴見の落ち着いた声が、受話口からやってくる。

「警察はそのことに気づいてなかったんですか？　聞き込みとかしてるんですよね」

「捜査についてはお話しできないこともあるんですよ。けれど聞き込みは漏れなくしておりますので安心してください」

本当なのか、気づいていなかったのをごまかしているのか。そういぶかって黙っていると、電話を切られそうな気配がした。美夏は「じゃあ」と早口で質問を続ける。

「学校の近くにもそれらしき女性が探りにきていたという話はどうですか？　警察が学校付近に聞き込みに来てたら、生徒たちの間で噂になりますよね。そういった噂、下の娘からは聞いてないんですが」

受話口の向こうから、相槌《あいづち》のようなかすかな笑いが聞こえた。

「その女性の話なら、まさに下のお嬢さん、麻衣さんからうかがっていますよ。時期ははっきりしないけれど、怪しげな中年女性が痴漢について生徒たちに訊ねていたようだと」

美夏の身体が熱くなる。スマホを持ったまま、麻衣の部屋のほうを睨んだ。

麻衣はなにを警察に伝えたか、教えてくれなかった。そんなに母親に恥をかかせたいのか。そこまで嫌っているのか。

「そ……、そうでしたね。失礼。それでどうなりました？　それも話していただけないんですか？」

「はい。ただ防犯カメラも多い地域ということは、お伝えしておきます」

だから遠からず見つかる、そう言いたいのかもしれないが、こちらとしてはまだ見つかっていない、まだ進展していないとしか聞こえない。

「紗季の友人はどうですか？　例のパパ活の、池辺萌奈さんという同級生。わたしが、紗季が死んだ時間にどこにいたかを訊ねたら、最初は塾にいたと答えたのに、塾はとっくにやめていたんですよ。彼女のアリバイはあるんですか？　調べたんですか？」

「すみません。それも、お話しできなくて」

「じゃあ、紗季が家を出てからの姿は？　さっきおっしゃってた防犯カメラで追えているんでしょうか」

それさえも教えてくれていないのだ。

「ある程度までは。けれど幹線道路から離れるほどカメラが少なくなるため、見つけきれておりません。あらゆる可能性を考えて捜査に当たっておりますので、もう少しお待ちください」

そう言って、今度こそ電話が切られた。

また可能性。麻衣が可能性男と呼んでいたが、可能性を広げるだけ広げて収拾がつかなくなっているんじゃないか。美夏はため息をついた。

麻衣は部屋に引っこんだままだ。博正は、急遽泊まりの出張が入ったと連絡を寄越してきた。この残った夕食をどうしよう。久しぶりに手の込んだものを作ったのにと、虚しさが溢れてくる。紗季がいなくなって、なにもかもがおかしくなってしまった。

翌朝、麻衣はいつもと同じ時間に起き、いつものように美夏の用意した朝食を平らげた。生意気を言われたのだから食事の用意をせずにおこうかと思ったが、麻衣をないがしろにしていないと訴えたい気持ちも手伝って、作ってしまった。なのに麻衣は口をきこうとしない。麻衣から謝ってくるまではと張っていた意地だが、美夏は耐え切れなくなった。脱衣所の外の廊下に立ち、洗面台に向かっている麻衣の背中に呼びかける。

「麻衣、先輩に訊いてって頼んだ昨日の女性の話だけどね、警察が調べてるみたいだからもういい。悪かったね。……だけどそれ、麻衣が警察に伝えたんだよね。ママにも話しておいてほしかったな」

責めるような言い方はしないこと。そう思っていたが、愚痴が交じってしまった。

でも責めてはいない、と自分に言い訳をする。

髪をとかしていた麻衣が、白けた目を向けてくる。

「なんでもいい、どんな細かなことでもいいから教えてほしい、って女の刑事さんから訊かれて答えただけ。おねえちゃんは殺されたのかもしれないって刑事さんたちが訪ねてきたときだよ。伝えなかったっけ。あのときお母さん、パニクってたから、右から左に聞き流したんじゃないの？」

そんなはずはない、と美夏は思う。いくら混乱していても紗季についての話だ。聞けば覚えているはずだ。

「嘘だと思ってるんだ」

心の内を言い当てられて、美夏は焦る。手を横に振った。

「そんなことないよ。覚えてないなって考えてただけ」

鼻を鳴らしたのだか生返事をしたのだかわからない「ふうん」という声を残し、麻衣は自室に戻って鞄とマフラーを手にして玄関へと向かった。美夏はそのあとをついて歩く。

「麻衣、本当に、嘘だなんて思ってないのよ」

「どっちでもいいけど」

「麻衣」

「……あのさ、おねえちゃんのこと、よくないことも知りたい？」

麻衣が振り返った。真面目な顔をして訊ねてくる。パパ活以上に悪いことなんてあるんだろうか。

「ショック受けないでよ。これ、昨夜見つけた」

麻衣がスマホを出し、液晶画面を美夏に向けてかざした。開かれているアプリはTwitterだ。美夏はいっときやったことがあるが、殺伐とした空気に辟易《へきえき》して放置している。

「え、なに、ちょっとよく読めない」

「LINEする。じゃあ行ってきます」

麻衣はさっとスマホをしまい、そそくさと玄関を出ていった。

そばの壁に設えた鏡に、美夏は自分の困惑した顔を見た。紗季を少し老けさせた同じ顔。鏡の中で紗季も戸惑っている、そんな錯覚を起こした。

リビングから小さくLINEの着信音がした。自分のスマホはそこに置いたんだったと、美夏は取りに向かう。ひとつのリンクが麻衣のトーク画面に載せられていた。タップしてその発言へと飛ぶ。

——彼女、例の痴漢被害者の友達だよね。被害者って言ってる子も、パパ活やってたんでしょ。停学にはなってないけどね、だってもう死んじゃったから（汗）

足の力が抜けたのか、血が足元へと下がっていったのか。美夏が気づいたときには、リビングの床に座り込んでいた。

「ななちゃん猫まみれ」というかわいいアカウント名による発言は、明らかに紗季を指している。ひとつ前に、萌奈と思われる生徒が停学になったことが書かれているのだ。そちらは別のアカウントに向けたリプライのようだが、相手はツイートを消していて読めない。

学校名は書かれていない。パパ活と停学だけなら、読んだ人間も、どこかの学校にそういう生徒がいた、と思うだけだろう。けれど「例の痴漢被害者」に「死んじゃった」という記述で、M女学院の生徒や関係者なら紗季だとわかる。事件に興味を持っている人もだ。そこから紗季の名が知れ渡る。週刊茶話を読んだ人も気づきかねない。おおげさだろうか。そんなことはない。だってこの発言、千の単位でリツイートされ、拡散を続けている。

引用ツイートのなかにも、ひどい侮蔑があった。特に許しがたいのが「夜見ヨミ黄泉」というアカウントだ。「その子、本当に痴漢被害者? ふりだったんじゃないのかな。冤罪作ってお金を巻きあげようとしたんじゃない?」だなんて、悪意の塊だ。

利用者は朝の電車ででも読んでいるのか、どちらの発言も拡散数がみるみる増えていく。痴漢、冤罪といった刺激的な言葉は、満員電車のストレスを緩和させたい人の娯楽なのだ。

美夏にはなにをどうすればいいかわからない。鶴見に連絡をした。事情を話すとすぐに、Twitterの運営に対して誹謗中傷を理由とした当該アカウントの凍結申請をしたほうがよいと教えてくれた。ただ、それが受け入れられるかどうかは運営次第で、今すぐには消えないかもしれないと言う。

ヘルプセンターに連絡はしてみたが、なにも変わらない。学校や職場が動きだす時間となって拡散のスピードは落ちたが、今でも少しずつ、リツイートの数が増えている。

美夏のスマホが鳴った。槙野だ。

槙野もこのことを知っているだろうかと、相手の用件も待たずに伝えた。

「存じませんでした。私も注視しておきます。でも、これだけでうちの読者さんが気づくとは思えません。あの記事の被害者が亡くなったことは知られていないのですから」

「だけど誰かが、Twitterに紗季の名前を出すかもしれない。それが怖いのよ」

「まだ起こっていないことを気に病まないほうがいいですよ。ところで今日お電話したのは、連絡先をおうかがいしたふたりのことで報告をと思って。痴漢の妻にはまだ接触できていないんですが、紗季さんのご友人、池辺萌奈さんとは会えましたよ」

さすがに槙野は仕事が早い。

「パパ活のこと、なにか言ってましたか？　紗季が誘っただなんて、絶対に嘘でしょ」

「私は彼女の言葉を否定していません。相手の話が止まってしまうし、嘘だと決めつける証拠も持っていないので。池辺さんも会ってみれば普通のお嬢さんで、パパ活という言葉とは結びつきません。彼女には、パパ活をどうとらえていたのか、性被害に遭う可能性を考えなかったのかという観点で訊ねたんです。池辺さんは、相手を見極めればだいじょうぶ、話をするだけだし、とあまり深くとらえていないようすでした。はじめたきっかけも、誘われたから、の一点張りでした。ただ、池辺さんにはパパ活をする動機があります」

「動機？」

「夏の終わりに、父親の勤めていた設備工場が休業しています。一時的なものか事業を終了したのかまでは調査が足りていませんが、経済的な余裕は少ないでしょう。とはいえ、住まいは持ち家なのでいきなり困窮はしないでしょうし、やっていたパパ活の内容も、たいした収益にならない程度にとどまっているようです」

「……でも小遣い稼ぎにはなる、ということね」

美夏は念を押すように訊ねる。

「ええ。それだけに軽い気持ちで手を出したと、そういう解釈もできます」

やっぱり萌奈から誘ったのではないか。証拠はないと槙野は言うが、美夏は確信を持つ。

「持ち家だと知ってるってことは、住所、わかるんですね？」

槙野から萌奈の住所を聞いた美夏は、さっそく出かけた。西高蔵駅から少し行った、一軒家の連なる地域だ。先週末は晴れ渡って良い天気だったが、今日は一転して曇り空で、夜には雨も降るという。北風が強くて底冷えがしている。だがそんな風には負けないと、美夏は先日のコートに加えてストールを巻いた。

槙野は思ったより使える。萌奈の返答次第では、紗季が殺された時間は塾にいたと言っていた彼女の嘘も教えてやろう、そう思う。

萌奈が塾をやめたのは、その金が捻出できないからだろう。美夏の時代よりずっと、塾代は高い。困窮はしないだろうと槙野は言うが、小遣いはきっと減らされている。

平日昼日中の住宅街は、人影がまばらだ。停学中で外出できないというなら、萌奈は自宅にいるはずだ。

ミニ開発住宅とでもいうのか、隣の家とくっついて建つ、それなりに築年数のありそうな吹き付け塗装の家だ。一台分の車庫スペースはあったが車はない。門柱には「池辺」の表札が掲げられ、すぐ脇にインターフォンがあったのでそれを押す。返事はなかった。インターフォンはカメラつきのタイプだ。ようすをうかがっているのだろうか。

もう一度押して、「池辺さん」と大声で直接呼びかけた。反応はない。猫の鳴き声がするだけだ。多頭飼いなのか、合唱のように複数聞こえてくる。

美夏はスマホを取りだし、萌奈に電話をかけた。耳を澄ますと、家の中から着信音がしていた。やはり居留守だ。その電話も出てくれない。美夏はインターフォンを押して、声高に呼びかけを続ける。

「萌奈さん、いるんでしょ。ちょっと話がしたいんです。あなたにお知らせしたいこともあるし、開けてもらえませんか」

返事は戻らないままだ。どうしたものかと思いながらしばらく佇《たたず》んでいると、七、八十代ほどの老人がこちらをうかがいながら、ゆっくりした歩みで通り過ぎた。セーターの上にくたびれた半纏《はんてん》を羽織っているところを見ると、近所の住人だろう。不審者として通報されては困る。仕方なく、すごすごと西高蔵駅近くまで戻ってきた。地下への階段を目の前にする。

と、そこでスマホに着信があった。萌奈だ。

「家の前で大声出されて、迷惑なんですけど」

名乗りもせずそう言われた。美夏は踵《きびす》を返し、萌奈の家へと戻りながら答える。

「それはごめんなさい。でもあなたが居留守を使うから」

「高校生がお昼どきに家にいるなんて、近所の人に知られたいと思います？ あたし引きこもりじゃないし、病気でもないので。あ、もしかしてこっちに戻ってこようとしてますか？ やめてくださいね。門の前で話をされたくないから、帰るのを待ってたんだから」

そう言われて、なるほどと美夏は足を止めた。それはたしかにそうだろう。歩道の端へと寄る。

「あたしに知らせたいことってなんですか？ あたしが訊きたいのはそれだけです。もう電話しないでほしいんですよね。もちろん家にも来ないでください。なにを問われても答えません。しつこいですよ」

萌奈がまくしたててくる。

「しつこいのは当然でしょ。紗季の名誉にかかわるんだから。あなたが嘘だと認めるまで何度も訊ねます。あなたに知らせたいのは、あなたや紗季の件がTwitterで取りざたされていることです。あなたのこと、かわいそう、追試は受けられるかしらなんて書いてるけど、とても嫌みでおためごかし」

受話口の向こうが静かだったので、「気づいてた？」と、美夏は問いをつけ足した。

「見ました」

「そう。誰かあなたのことを嫌ってる人はいませんか？」

「どういうことですか？」

「あなたを嫌ってる人が書きこんだのかと思ったの。ななちゃん猫まみれとかいうアカウント」

その名前に覚えはない？　と訊ねようとして、声が止まった。さっき、複数匹の猫の鳴き声がしていた。なな、もなというよく似た名前。そしてこの反応の薄さ。

「萌奈さん、あなた、……まさかあなたが書きこんだの？　ななちゃん猫まみれって、あなたのアカウント？」

「は？」

呆れたような声がした。

「くだらない。自分をネットに晒してどうすんの」

「あの内容、あなた自身より紗季のほうをより晒してる。自分を晒すように見せかけて、紗季を貶めてる。紗季が誘ったっていう自分の嘘を、周囲に信じさせるためのツイートじゃないの？」

「妄想もいいかげんにして！」

萌奈がどなってきた。本当のことを言われて頭にきたのか、心外だと怒っているのか、どちらだろう。表情が見たい。スマホ越しなのがもどかしい。

「ひとつ嘘をつかれると、全部信用できないものよ。あなた、塾をやめてるでしょ。紗季が死んだときのあなたのアリバイはない。なぜそんな嘘をついたの。紗季を殺したのはあなたじゃないの？」

ぎょっとしたように、通行人がこちらを見てきた。美夏はストールに顔を隠すべくうつむく。スマホの向こうでは、萌奈がキレている。

「あたしだって晒されて怒ってるの。誰がそんなこと書くかよ！」

唐突に電話が切られた。美夏はかけ直してみたが、電源ごと切られたようだ。それを知らせるアナウンスが流れている。

12

週刊誌の記者を名乗る女性から連絡があったことを、琴絵は誰にも相談できずにいた。

篤志が痴漢で逮捕されたときからずっと、相談相手などいない。離婚のことを口にしたのも、被害者の母親の美夏にだけだ。

今日の昼休みにまた、同じ人からスマホに電話が入った。昨夜は驚いて電話を切ってしまったので詳細を訊かなかったが、取材の目的は性犯罪について考える一助にするためだと、穏やかな声で語りかけられた。

篤志を加害者として暴き立てたいのではなく、加害者となった家族を持つもの、特に妻の気持ちや事件の影響を訊き、広く社会に問いかけたいのだという。

琴絵の気持ちは動いた。取材に応じると答える。

電話の途中から、琴絵は女子トイレの個室へと逃げていた。そこを出て、鏡の前に立つ。

自分の顔を見て思う。自分は話をしたいのだと。ここ一ヵ月ほど、自分ひとりで抱えてきたいろいろなものを吐き出したい。美夏に伝えて少し軽くなった気持ちを、あのときのどこかほっとした思いを、もう一度味わいたい、と。

モッズパーカーを着た槙野という記者が指定してきたのは、名古屋駅から徒歩で十分ほどの場所にあるカフェだった。店内は照明が抑えられ、壁にはカラフルな色と柄が躍るアフリカン調の布がタペストリーのようにかかり、エスニックな趣きが漂っていた。同じ色調を持つ布の間仕切りながら、個室があった。六人席の奥に座って小声になれば、ほかのテーブルに話は漏れない。近所に住んでいながら、こんな場所があるなんて知らなかった。

「落ち着いてお話をうかがいたいと思ったので」

そうほほえむ槙野は、琴絵のイメージする「仕事ができる人」という雰囲気だった。問われるがままに、夫が逮捕されたという連絡がきたときのこと、なにもわからないまま弁護士を頼んだこと、姑の横やりで別の弁護士に変わったこと、彼は優秀だったが調子がよくてどこか信用できなかったことを話す。

夫が痴漢をしただなんて信じられないという思いと、やっぱりやったんじゃないかという疑いにさいなまれた日々、夫の不在が不安だった、けれど戻ってきた夫に反省はなかった、と話しているうちに当時のやりきれない気持ちがよみがえり、琴絵は涙ぐんでしまう。

「自分は悪くない、たまたま手が当たっただけ。夫はそういう認識のようです。被害者の方にも申し訳ないし、なによりこの子、おなかの子の父親がそんな人だったなんて、かわいそうで情けなくて。……そういう夫を選んだあたしも、どれだけ見る目がなかったのかと」

そうですね、なるほど、と相槌を打ちながら話を聞いていた槙野は、ところでとばかりに姿勢を正した。

「今後、どう向きあっていくおつもりですか」

「……夫と、ということでしょうか」

「はい、ご自身の気持ちと、ということでも結構です」

琴絵は、生唾を呑みこむ。

「できれば離婚したい、そう思っています。だけどハードルがいくつもあって。ひとつはこの子を抱えて生活していけるかどうか。もうひとつは離婚に応じてもらえるかどうか。この子は夫の家族からとても望まれているんです。夫にきょうだいがいないこともあり、姑は生まれるまえから跡取り扱いで、容易《たやす》く渡してもらえそうにありません。でもあたしにとっても、大事な大事な子なんです」

不妊治療はとても辛かったと琴絵は思いだす。このあとはもう、子供を持てないかもしれない。槙野にそこまで話すつもりはないが、そんな子が奪われたら生きていけない。

「幼い子供の親権は、基本的には母親方ですけどね」

槙野がなぐさめるように言う。

「知ってます。でも向こうは優秀な弁護士を雇えるし。……あたしは夫の痴漢をきっかけに離婚したいと思ったんです。でも夫の中ではその痴漢行為は消えていて。そうすると、離婚の理由もないってことになりますよね」

琴絵の言葉に、槙野がはじめて困惑の表情を見せた。

「それはどういうことですか？」

「ごめんなさい。あたし、説明の仕方が下手ですよね。痴漢を離婚の理由にできないというか、あたしがわがままで離婚したがっているととらえられてしまうというか……」

「なるほど、おっしゃりたいことはわかります。夫さんが離婚に納得しない、結局はそういうことですよね。ご自身は悪くないと思ってらっしゃるんですから。もしかしたら、心配をかけて申し訳なかったという言葉もかけられていないのでは」

そういえば、と琴絵は思いだす。篤志が警察から戻ってきた夜、愚痴と言い訳ばかりでなんのいたわりもなかった。

琴絵は苦笑を浮かべながら、黙ってうなずいた。

「大変でしたね。それで、それはわかるのですが、痴漢行為が消えているというのは、どういうことでしょう。記憶がないわけではないんですよね？　やっていないも同然だと思っている、と理解していいですか？」

「あの……、これは被害者の女の子を貶めるつもりはないんですが、……パパ活……、彼女がパパ活をしていたという噂が、通っていた学校で立っているらしくて」

琴絵は槙野の反応をうかがいながら、恐る恐る口にした。槙野は黙ってうなずいている。知っているようだ。

「そんな子だから、と、……夫は彼女を愚弄《ぐろう》するひどい言葉まで口にして、自分は嵌められたのだと言います。だからやっていないも同然というか、やってない、という気持ちだと思います」

槙野が目を丸くした。

それが普通の反応だと、琴絵は心強く感じる。あまりに篤志が堂々としすぎていて、自分が間違っているかのような錯覚に襲われていた。

「それに……」

と続けようとして琴絵はためらった。自分はしゃべりすぎていないだろうか。けれど不安を吐きだしたいという気持ちにあらがえない。

「オフレコにしますので」

槙野がゆっくりと目を細めて、言う。「はい」と、琴絵は引きこまれるように応じた。

「夫は、名誉毀損だ、痴漢詐欺だ、示談金を取り戻すなどと弁護士さんに相談しているんです。被害者を……彼女はもういないのでその家族を、訴えるかもしれない。でも止めようもなくて、それが辛くて」

「不起訴とはいえ、警察は痴漢行為があったと認定しているんですよね。それを詐欺だったとするのは、時間も労力もかかると思います」

「もしかしたら口だけかもしれないけれど、弁護士さんも止めてくれればいいのに」

「相談だけでも費用は発生するので、頭からシャットアウトしないかもしれませんよ。調子のいい弁護士さんだったんですよね。自分を利するために裁判を煽《あお》る人も、なかにはいます」

琴絵は妙に納得した。川端は自分に、おおげさな診断書を作らせようとした。彼ならやりかねない。

「かもしれませんね。……なんだか、普通の痴漢加害者、その加害者の妻という感じじゃなくて、すみません。自分で話をしていても、夫は身勝手で特殊な例だと思います」

「人はそれぞれ事情が違います。誰も、普通とか特殊とか、ないんですよ。離婚が思った方向にいきますように。なにかお力になれることがあればお手伝いしますよ」

槙野の言葉に、琴絵は嬉しくなった。孫の誕生に舞いあがっている文子のこと、実家には受験生の弟がいて頼れないことを話してしまう。

それでも、篤志が紗季を殺したのではと、疑っていることは言えなかった。

今日はありがとうございましたと、槙野が腰を浮かせた。

「こんな話で参考になったんでしょうか……」

自分でも情けないと思うほど、琴絵は頼りない声を出した。

「もしも本当に離婚をなさるなら、ご自身も弁護士に相談してはいかがでしょう。いいアイディアを授かるかもしれません」

「でもお金が……」

「無料の相談システムもありますよ。ちなみに今、離婚したとしても、養育費は受けとれます。妻が婚姻中に懐胎した子は夫の子、としている以上はそれだけの権利もあるということです。夫の痴漢行為が理由であれば慰謝料もつくでしょう。本人が認めなくても逮捕歴があります。弁護士ならそれを盾にできるでしょう。相手ばかりが有利だと考えないほうがいい。自分が有利になるような材料を集めるんです」

侮られないように、と槙野の目が言っていた。自分はよほどふがいなく見えるのだろうと、琴絵は恥ずかしくなる。いい歳をして。もうすぐ母親になるというのに。

琴絵が縮こまっているのを感じ取ったのか、槙野は咳払いをして、最後に告げた。

「悩んでいるよりも行動に移すほうが建設的ですよ。行動に移せば、取り越し苦労だったと感じることもきっと出てきますよ」

槙野に話をして、改めて思い知った。

結局自分は、篤志に頼って生きているのだ。仕事を探してはいるけれど、妊娠中ということで二の足を踏んだまま。まだ捨て身にはなっていないのだ。友人にも身内にも相談していないのは、呆れられたり詰られたりするのが怖いからだ。

美夏や槙野に話せたのは、彼女らが他人だから。

今度こそ覚悟を決めないと。自分が最も大切にしなければいけないものはなんなのか。それはこの子だ、とおなかを触る。絶対に守り抜く、とてのひらに念を籠める。そしてこの子を守るために、自分自身も大切にしなくては。

琴絵は、「よし」と声に出す。

自分が有利になる材料を探さなくては。それには相手の弱みを握ることだ。

13

翌日、夜八時前。

熱田区のとある神社に、中年の女性が豆柴の散歩に来ていた。豆柴は大きさからそう呼ばれているだけで柴犬だが、小さい子のほうが自分を頼ってくれるように感じて、女性は何代か続けて豆柴を飼っていた。特に今いる小町《こまち》は、いつも自分にくっついてきて、トイレに入るため少し離れただけで、不安そうな声で呼ぶ。甘やかしてしまったという反省はあるが、それだけにかわいい。

週末を控えた今日は残務処理があり、帰宅が遅れてしまった。散歩の時間も遅くなる。女性はひとり暮らしで、暗くなってからの散歩はできれば控えたかったが、小町は自らリードを咥《くわ》えて玄関から動こうとしない。仕方なく従った。どちらが主人かわからない。

両脇を木々に囲まれた参道を通って本殿へと、いつものルートを歩く小町が妙に興奮していた。本殿の脇から鎮守の森——雑木林を奥へと入る形で並んでいる赤い鳥居を進み、その先にある小さなお社《やしろ》、末社《まっしゃ》にまで向かっていく。早く帰りたかった女性はリードを引っ張って止めたが、小町はかまうようすも見せない。すでに扉の閉まった社を横切り、その脇をさらに奥へと行く。この先はなにもない。林そのものだ。たしか神社の境内には、林の中には蛇などがいて危険なので入らないようにという注意書きがあった。女性は小町に向けて、駄目よ、行っちゃ駄目なのよと声をかけたが、止まる気配はない。小町は、無理に散歩を止めると臍《へそ》を曲げて、あとで粗相をする子だ。女性は制止の声をかけながらも、小町の行く先を懐中電灯で照らしてついていった。十二月に蛇はいないだろう。冬眠しているはずだ。

小町は、林の奥までは入らなかった。少し上ったばかりの、とっかかりのあたりで吠えている。

それなりの太さがある長くて黒くうねったものが灯りのなかに見えて、女性は息を吞んだ。黒くうねったものは、タイツを穿いた足だった。靴は足先から脱げている。

蛇ではないが人だ、ということにやっと気づいた女性は、大きな悲鳴を上げた。林に向けて打ち捨てられたかのように、少女の身体が落ちていた。

14

夏川家に警察がやってきたのは、その翌日の昼過ぎだった。

麻衣は部活で出かけている。吹奏楽部が主催するクリスマスコンサートの練習が追い込みに入ったのだ。博正は久しぶりに土曜出勤がなく、夫婦ふたりの休日だ。といっても会話はない。博正は仕事に必要だと言って録画したドキュメンタリー番組を観ていて、美夏は喪中欠礼状の準備をしていた。賀状の受付が始まっている今ではすでに遅いが、頭が働かなかったのだ。リストアップをしながらも紗季のことを思い出し、たびたび手が止まっている。

そんなときに訪ねてきたのが、鶴見と雨宮だ。乞われたので部屋に入れたが、見慣れない男性がもうひとりいる。彼の体格が並外れていいせいもあって、リビングが狭く感じられた。博正が驚いた顔でテレビを消している。

「昨日の夕方から夜、どちらにいらっしゃいましたか？」

ダイニングテーブルをはさんで向きあう鶴見が、美夏を見据えながら訊ねてくる。見慣れない男性は、椅子がないため背後に立っていた。

この人はなにが言いたいのだろう、そう思いながら美夏は答える。

「ここ……ですが。家にいました」

「それを証明できる方はいらっしゃいますか？　できればご家族以外で」

「……いえ、いません。家族も、帰ってきたのは娘が九時ごろ、夫が十一時ぐらいです」

美夏の答えに、鶴見が背後の男性へと振り返った。男性がうなずく。男性は雨宮の二の腕に触れ、席を譲らせた。雨宮と鶴見の間ほどの歳だ。

「熱田警察署の依田《よだ》といいます。この方、ご存じですよね」

依田が一枚の写真を見せてくる。萌奈が写っていた。

「はい。娘の友人です」

美夏がうなずく。

「お亡くなりになった上のお嬢さんの、ですよね。実は昨夜、自宅からほど近い神社の雑木林で、刺されて倒れているところを発見されました」

美夏は息を呑む。

「それはどういう」

「わかりませんか？」

依田がじっと目を見つめてくる。美夏は首を横に振った。

「あなた一昨日の昼、つまり池辺さんが刺された前日、彼女の家に行ってますよね。何度もインターフォンを鳴らし、さらにしつこく呼びかけてもいますね」

そう言われて、美夏は目の前が狭まっていくような気がした。

たしかに行った。くたびれた半纏を着た老人が自分を見ていた。

「ごまかしても無駄ですよ。カメラ機能のついたインターフォンなので、あなたの顔は録画されています」

依田の声が頭に響く。美夏にごまかすつもりはないが、それは一昨日の話だろう。萌奈が刺されたのは昨日と言っていたのにと、不満を持つ。

「そのあと地下鉄に降りる階段の近くで、スマホを片手に話しているようすを通行人が見ていましたよ。なんの話をしていたんですか」

「それはあの……」

「話したくありませんか？　電話の相手は池辺さんですよね？」

美夏の目を覗きこんでくる依田の目は、目の奥にある脳の動きを読みとろうとでもするかのようだ。険しく尖っている。

「紗季を殺したのはあなたじゃないの、そう道端で叫んでいたと証言が取れています。彼女を疑っていたことはわかっています。紗季さんの復讐をしたのではないですか？」

「依田くん」

鶴見が小声で呼びかける。

「失礼。けれどあなたにはそういうお気持ちがあったのですよね。だから叫んだんですよね」

「……叫びました。叫んだけど、でもわたしはなにもしてません」

「一昨日、帰宅時にインターフォンの通知を確認した池辺さんのご両親は、映像を見て誰が訪ねてきたのかと彼女にたしかめています。池辺さんは、パパ活のことで紗季さんを侮辱したと誤解した母親が怒ってやってきたと伝えたそうです。ご両親は心配しながらも、自分のした行動の責任は取るように池辺さんを諭したとのこと。

この場合の行動とはパパ活のことですね。夏川さんとちゃんと向きあいなさいと言った直後、のできごとですよ」

依田は視線をそらさない。

「萌奈さんからはなんの連絡ももらってません。その一昨日の電話、それきりです。それだってキレられて、こちらから再度かけたけれど電源が切られた状態だったんです。……スマホ、彼女のスマホにデータが残ってるんじゃないですか？」

依田が、鶴見を頼るような目で見た。鶴見が口を開く。

「池辺さんのスマホは見つかっていません。現場にもご自宅にも。かけてもつながらないんですよ。まさに電源が切られていて」

じゃあ、と美夏はキッチンのカウンターに置いた自分のスマホの履歴を見せる。

「一昨日の昼にやりとりしただけです。ほら、最後はこちらからかけたけどつながっていないでしょ」

いいですかと断ってきた依田が、美夏のスマホの画面を自身のスマホで撮った。

そして言う。

「わかるのは、そのスマホからはかけられていないということだけですよ。それに通話履歴は削除できますよね。こちらで調べてよろしいですね」

いやらしい言い方だ。美夏はもやもやする。

「場所を変えて詳しいお話をうかがいたいので、署までいらしていただけますか」

なぜ、と美夏の頭に血が上った。これでは犯人扱いではないか。この依田という男は、自分が犯人だと最初から決めつけている。

「嫌です。アリバイがない、動機がある、わたしが怪しまれているのはそのふたつだけですよね。昨夜はずっと家にいました。このマンションのエレベーターには防犯カメラがあるはず。管理会社に行って、それを見せてもらったらどうですか」

「非常階段がありますよね」

「じゃあ駅の防犯カメラを見てください。わたしは免許を持ってないから車で移動することはできないですよ。タクシーで向かったというならそれを見つけてからにしてください」

「お話をうかがうだけのことですよ。ここではご家族もいらっしゃるし」

「隣の部屋に行ってもらいます。ねえ」

美夏は博正に目を向けた。博正は早くも腰を浮かせている。

「なんだか我々、信用されていないみたいですね」

依田がまた、鶴見を見た。美夏も鶴見に目を向ける。

「紗季を殺した犯人を捕まえてくださったら信用しますよ。紗季が死んだとき、萌奈さんはどこにいたんですか。わたしを疑ってるってことは、紗季のことと関係があるんですか？」

「その可能性を今、探っているところなんですよ」

鶴見がなだめるように言う。美夏は呆れた。

「可能性、可能性って、そればかりじゃないですか」

「すみません。ですがそういうものなんです。同じ学校に通っていた友人同士、一緒にパパ活をしていたふたりが被害に遭ったとなれば、両者に関係する誰かの犯行ではないかと、どうしても思うわけです。依田が先走ったことを言って、ご不快な思いをさせたのは申し訳ないです。我々が把握している限りですが、パパ活相手のことも調べています。いろいろな可能性を考えています。また、夏川さんだけではなく、ほかのご家族にも訊ねたいと思っております」

鶴見の視線が、まだソファのあたりでうろうろしていた博正に向いた。

「わ、私は会社にいましたよ。同僚も一緒だし、カードリーダーの記録があるはず」

博正の声が上ずっていた。完璧なアリバイを持っているのだからもっと堂々としていればいいのに、と白ける思いで美夏は答える。

「下の娘は学校からそのまま塾に行っています。塾に確認すればよろしいのでは」

男性たちの背後で、雨宮が立ったまま律儀にメモを取っていた。目が合うと、ほんのわずかだが美夏に頭を下げてきた。暴走しているのは依田だけなのだろう。とはいえ美夏の腹の虫は治まらない。

「先日伝えた女性はどうなんです？　五十代ほどの女性です。この近所と、M女学院の近くで紗季のことを探っていた人。見つかったんですか？　その人が萌奈さんを殺したってことも考えられるんじゃないんですか？」

依田が不審そうに鶴見に顔を寄せた。依田は萌奈の事件を調べているだけで、紗季のほうは詳しく知らないのかもしれない。だとしたら余計に、勝手な判断で自分を疑わないでくれ、と美夏はますます腹が立つ。

「調べていますよ。ただその方は、筋違いの感情を抱かれているだけのようです」

鶴見が答える。

「それって、女が誰か、わかったってことですか？　どなたなんです？」

「すみません。それは申しあげられません」

「娘のことを探られてたんですよ。気持ち悪いじゃないですか。どんな筋違いか知りませんが、変な妄想をこじらせて紗季と萌奈さんを殺したってこと、ありえますよね」

「ええ、可能性としてはゼロではないのですが、あの……」

鶴見は奥歯にものがはさまったような言い方だ。美夏はじれったくてしようがない。

依田が、鶴見、雨宮と視線を向けた。ふたりがバラバラにうなずく。依田が口を開いた。

「池辺萌奈さんは現在意識不明ですが、亡くなってはいません」

そのとき複数の着信音が鳴った。三人が揃ってポケットからスマホを出している。

15

琴絵は、篤志のスマホのロックを外すのにようやく成功した。

昼食は、美味しそうなワタリガニが手に入ったと言ってトマトのクリームパスタにした。休日だから昼からでもいいよねとワインを勧める。トマト味ならこれがいいとネットで見たと、キャンティの赤を開けた。夕食は刺身なので別のものがいいよね、妊娠中だから自分は飲めない、時間が経つと風味が落ちる、とあれこれ理由をつけて、ボトルを空けさせた。夕食には日本酒を出した。正月の篤志の実家への手土産に、しぼりたての生原酒を持っていこうとお試しセットを取り寄せた、飲み比べてみてほしいと頼む。篤志は機嫌がよくなり、追加のつまみも要求した。琴絵は右手をかなりの量を飲んだ篤志は、ソファに座ってうたたねをはじめた。琴絵は右手を取り、スマホに押し当てて指紋認証をする。

ためらいは少しあった。他人のスマホを勝手に見るのはマナー違反だ。けれど篤志だって、転職サイトを見ている自分のスマホを取りあげたのだ。同じことをするだけだ。

琴絵はＬＩＮＥ、通話履歴、メッセージ、メールと順に見ていく。

離婚に有利になるようなものはないだろうか。浮気でもしていればそれが一番だけど、川端とのやりとりも見逃せない。夏川紗季への痴漢行為について、本当のことを話しているかもしれないからだ。

そんななかで見つけたのが、脅迫メールだった。

あて先ごとに分かれているメールボックスのうちの、篤志の会社のアドレスあてだった。スマホへの自動転送設定がされている。いかにも取引先という会社名や名前に挟まって、「こんにちは」という差出人名があった。件名はない。件名ではなく差出人名が「こんにちは」ってどういうことだろう、といぶかしんで目を留めると、最初のほうだけ出てくる本文が「痴漢の件です」とはじまっていた。添付ファイルを示すクリップマークがついている。全体を見るべくタップした。

――痴漢の件です。お伝えしましたよね。あなたが痴漢をした証拠を持っています。五百万円用意してください。前回、無視されたので上乗せです。早く連絡してこないと、またネットに載りますよ。本気の印に、さわりだけ送ります。

ふざけているのは差出人名だけで、明らかな脅迫メールだ。添付ファイルを開くと、篤志の顔写真が目に飛び込んできた。鼻の穴が少し開き、酷薄そうな笑みを浮かべている。スーツとネクタイがかいま見えていた。あの日の、夏川紗季に痴漢を働いて逮捕された日の服装だ。Twitterに載せられた動画の一部ではと、スマホの液晶画面を凝視する。琴絵はあれを一度しか見ていない。気分が悪くなって見られなくなったのだ。

脅迫者は、今度は顔を隠さずにTwitterに載せるといっているのだろうか。こんなものが投稿されたら、篤志は外を歩けない。

「なにしてるんだ」

いつ目覚めたのだろう、ふいに篤志から声をかけられ、琴絵はスマホを床に落とした。とっさに拾おうとしたが屈みこむのが遅いせいで、篤志の手が先に伸びる。

「なにを見て――」

訊ねながら篤志の声が止まる。最後に表示していた添付ファイルが、液晶画面からかいま見えた。篤志は表示をメールに戻している。

「おまえ……勝手に……」

篤志の顔がみるみる赤くなる。

「今の、なんなの？　脅迫されてるってこと？」

琴絵の問いに、篤志は背を向けてキッチンの奥へと向かった。冷蔵庫から、半量ほど残っていた一・五リットルのエビアンのボトルを取りだし、一気に口飲みしていく。

「僕を眠らせるために酒を飲ませたんだな。ほかになにを見た？」

声に怒りが籠っている。

「……ほかにはなにも。だけどそれ」

「関係ない」

「だって、五百万って」

「五百万？　は？　ふざけてるな。放っておけばいい。ただのいたずらだ」

いたずら？

琴絵は混乱する。篤志はなにを言ってるんだろう。どう読んでも脅迫メールじゃないか。

「川端先生に聞いた。僕がいない間に僕の動画がTwitterに出て、顔はボカシがかけられていたが、いっときリプライで名刺が載ったんだってな。その名刺も動画も消させたそうだが、そのせいで僕を揶揄するいたずらメールが来るんだ。最初は驚いたから川端先生に知らせて対処してもらっていた。名誉毀損で訴えると脅したそうで、同じ人物からはもう来ない。もし何度も来るようなら、開示請求をして相手をつきとめ訴訟に持ち込むと言うから、もう見ずに放置している。そのうちまとめて川端先生に渡すさ。いたずら気分で他人を不快にさせたらどういう目に遭うか、思い知ればいいんだ」

篤志の笑い顔は、さっきの写真とそっくりだった。相手をあざける笑いだ。

「だけど……そのメールはいたずらじゃないんじゃない？　痴漢の証拠だって、篤志さんの写真が」

「顔写真だったよな。その辺で撮られただけだろ」

「……で、でも、前回とか上乗せとか、本気とか。変じゃない。川端先生に……ううん、警察に相談したほうが」

めんどうそうに、篤志が琴絵を見た。

「くだらないことを言うなよ。こんなの警察が相手にするものか。世間知らずだな」

自分を見つめる目にも、表情にも、同じようにあざけりの色が浮かんでいる。琴絵の心に、ふつふつと湧いてくるものがあった。この人は自分をあざけっている。

軽んじている。ごまかせると思っているのだ。

「世間知らず？」

「世の中がどう動いているか知らない人間のことだよ。そんな言葉も知らないのか？」

「警察に行かないのはプライドを傷つけられるからでしょ。あなたが痴漢をしたから脅迫されるのだ、原因を作ったのはあなた自身だ、そう言われるのが怖いくせに」

「なんだと」

篤志がペットボトルを振り上げる。警察から戻ってきたときもペットボトルを投げられたと、琴絵はダイニングテーブルの向こうに逃げる。けれど謝りたくはなかった。

「それとも紗季さんのことで疑われているから、かかわりを持ちたくなかったの？　その日、あなたは本当はどこにいたの？　海を見てたとか車で川沿いを適当に流して走ったとか言ってたけど——」

「うるさいっ」

篤志が足音も荒くやってきた。琴絵は身構える。

と。

インターフォンが鳴った。篤志の足が止まる。インターフォンは何度も何度も鳴らされる。立ち尽くしているふたりの間に、音だけが響いている。

16

「相手の顔は見ていません」

病院で目を覚ました萌奈は、刑事の質問にそう答えた。実際、見ていない。

最初は、誰に刺されたか見当もつかないと言ってごまかそうとしたが、なぜその場所に行ったのか、そもそも停学中は外出禁止なのではと問い詰められた。さらに、腰から背中を二ヵ所刺されている、少しずれていたら死ぬところだった、刃物を用意していたということは殺す気があったのだ、早く捕まえないとまた狙われると、刑事は恐ろしげな顔を近づけてくる。

麻酔のせいで萌奈の頭はあまり働いておらず、身体も重かった。スマホを見ればすべてバレてしまうだろうと、観念した。

萌奈は問われるがまま、起こったことを順に答えていく。

大学の学費は出せない。奨学金を受けてもいいが将来自分で返してほしい。塾にはもう行かせられない。小遣いは少し待ってほしい。お年玉を貯《た》めていた預金から少し借りられないか。親からそう言われたのが九月のことだ。頭が真っ白になった。そんなことが自分の身に起きるなんて。

パパ活のネット記事を見て、小遣いを捻出する手立てを思いついた。話をするだけでお金がもらえる。友達とのつきあいで惨めな思いをしたくない、それだけだった。けれどひとりでやるのは怖かった。紗季は口が堅いから言いふらすことはないだろうと、頼みこんでついてきてもらった。カラオケをするだけなのに、紗季は顔が引きつっていた。けれど彼女の歌の上手さに助けられ、相手は満足そうだった。その人とは何度か会ったが、別の人も探そうとふたり目と会ったあとで、もう無理、と紗季は断ってきた。だったらお金を貸してと、紗季に頼んだ。

それがたしか、紗季が殺される一週間前のことだ。痴漢を働いた男が警察から解放されたことは、紗季のようすから気づいていた。ということは示談金をもらったはずだ。そんなつもりで紗季を助けたわけじゃないけれど、協力したお礼がほしいと言った。だけど紗季はできないと答えた。全額、親が管理していると。ムカついて、紗季とは喧嘩になった。

紗季にお金をもらえないなら、痴漢男からもらえばいい。彼の名刺は持っていた。痴漢確保の作戦を立てたとき、逃げても無駄だとわからせるには名前を押さえる必要があるという話になって、名刺入れを狙っていたのだ。脅しに使うつもりはなかったけれど、つい一枚、ポケットに入れていた。そこにメールをしたが、返事は来なかった。

メールは無視されるし、紗季とはぎくしゃくしたままだし、いいパパ活相手も見つからない。ふと思いついて、紗季は痴漢男にお金をもらったとクラスの子に漏らした。内緒の話だから誰にもしゃべっちゃ駄目だよ、と言い添えたが、ゴシップ好きの彼女がなにをするかはわかっている。噂になって紗季が孤立したところで手を差しのべれば、感謝される。そしたらまた、一緒にパパ活をしようと誘える。

なのに、紗季は死んでしまった。

死んだと知ったときには泣いた。悲しかったのは本当だ。でも一方で、これでもう、ひとりでパパ活をするしかなくなったと思った。そしてそのあと、あっさり補導されてしまった。

自分を守るために紗季に誘われたことにした。紗季の母親が怒ってきたけど、本当のことは言えない。樹くんをまだ好きだと誤解していたのには笑ったけれど。

誤解、そう、もう好きな気持ちは消えている。……たぶん。

紗季に嫉妬はしていない。紗季は自分の持っていないものをたくさん持っているけれど、辛いこともまたたくさん抱えている。母親からの押しつけとか。だから……たぶん。

それよりもお金が必要だ。そうやってお金のことばかり考えている自分は嫌な子になってしまったと思うし、はしたないとも感じる。だから一度で済ませたかった。

一度に、どん、ともらってしまおう。

痴漢男に再度メールを出した。前回は痴漢の証拠を持っていると書いただけだけど、今回はたしかにあるのだと添付してちらつかせ、強めに脅したら、やっと返事がきた。

待ち合わせは夜の七時半。神社本殿の奥にある赤い鳥居の続く先、小さいお社の前。すっかり暗くなっていたけれど、子供のころによく遊んだ神社だから庭みたいなものだと油断をしていた。

なにが起こったのか、声も出なかった。

痛いと、一瞬経ってから叫ぼうとしたときには、口元がなにかで覆われていた。さらにもう一度痛みが襲ってきたあとは、なにもわからなくなった。

顔は見ていない。でも相手はわかっている。

メールを読んだんでしょ？

萌奈はあとから両親に知らされた。スマホは持ち去られていたようで、周辺一帯を捜しているがまだ見つかっていないという。

足の感覚がない。刑事に騙されたと思ったが、怒る気力は尽きていた。それよりも身体が重かった。

17

エントランスに続いて玄関前からのインターフォンも鳴り、警察を名乗る男性たちがやってきた。女性もひとり交ざっている。琴絵は篤志に手を握られていた。余計なことは話すなと言われている。篤志は、笑顔で彼らを迎えた。

大柄な男性が、素早く黒いものを見せてきた。エンブレムがついているところをみると警察手帳なのだろう。本物の警察官なのだと、琴絵は思う。話すことができなくてもほっとした。

「自分、熱田警察署の依田といいます。高奈さんですね。篤志さんと、そちらが……」

「妻の琴絵です」

琴絵よりも先に、篤志が答える。握る手に力が込められた。

依田がうなずき、遠慮のない目を琴絵に向けてくる。おなかを見ながら訊いてきた。

「何ヵ月ですか？」

「……六ヵ月です」

依田は近くにいた女性に、小声でなにかを訊ねていた。女性が首肯している。

「いわゆる安定期と思っていいですね。体調に問題がなければお話をうかがいたいのですが、あなた、昨日の夕方から夜、どちらにいらっしゃいましたか？」

依田が、ねっとりした笑顔を琴絵に向けてくる。

「あたしですか？　……会社を早めに上がって、家に帰りました」

「早めとは？」

「終業より一時間早く。午後四時半ごろです」

ふたりのつないでいる手に、依田が視線を向けた。軽くうなずいている。

「そうですか。もう少し詳細におうかがいしたいので、署まで来ていただけますか。医者を控えさせますので安心なさってください。篤志さんも一緒にいらしていただけますね。心配ですよねえ、奥さまが」

琴絵は困惑する。なぜ自分が警察に呼ばれるのだろう。

「あの……待ってください。なにがあったんですか」

問いかけると、依田が目を細めた。

「池辺萌奈さん、ご存じでしょうか。篤志さんが痴漢行為を行ったときに私人逮捕したなかのおひとりです。昨夜、熱田区の神社で、刺されて倒れているところを発見されました。その件についておふたりにお話をうかがいたいと考えております」

琴絵は息を吞む。

「……夫が、殺したんですか？」

篤志が逃げないように、自分も一緒に呼ぶということなんだろうか。警察は、自分になにを証言させたいんだろう。

「おい、なにを言うんだ」

篤志がつないでいる手を強く引く。依田が咳払いをした。だが、琴絵の質問に応じてはくれない。ほかの誰もが、だ。

「ぼ、僕はなにも知らない。昨夜は仕事で、残業で会社を出るのが遅くて」

「そうですか。何時ごろでしょう」

依田がほほえみながら問う。

「七時……いや八時だったか」

「ずいぶん幅がありますね。会社の最寄り駅は新栄町でしたよね。現場は地下鉄でいうなら西高蔵駅なんですが、二、三十分ほどもあればつきますかねえ」

「ちょ、ちょっと待ってくれ。一緒にいた部下がいる。彼に電話するから」

篤志の手が離れた。ポケットを探っている。

「あなたが電話をしてはいけませんよ。確認はこちらが取りますので」

依田はそう答えるも、部下の名前は訊かずに琴絵を見ていた。女性が、張りつくほど琴絵の近くまでやってくる。

「あの、なんですか。なにを……」

「台所、見せてもらっていいですか？　おお、インテリア雑誌みたいにおしゃれですね」

依田は広い歩幅で、アイランド型になったキッチンを回りこんでシンクのある側へと向かう。

「ま、待て、刺されたって言ったな。ナイフ……なんかそういうの捜すつもりだな。勝手なことを」

篤志が慌てたようすでキッチンに駆け寄る。依田は両手を小さく上げ、触っていませんとばかりに笑顔を見せた。篤志は不安そうな顔で、ワークトップに置かれた包丁スタンドを一瞥《いちべつ》していた。通気を考慮したステンレスの網でできているので、刃がかいま見える。

琴絵はずっと、そばの女性の視線を感じていた。依田もまた、篤志よりも自分に多く目を向けている。一歩、二歩と近づいてきた。

「……もしかして、疑われているのはあたしですか？」

「あらゆる可能性を考慮しております」

依田ではない別の男性が言った。彼もまた、自分がどう動くかを見ていた。

「なんで琴絵が。もちろん僕だって知らない」

「池辺さんはあなた、篤志さんに呼びだされたと言っています。正確には彼女が脅迫のメールを出して、そのあと落ち合う場所を相談したわけですが、時間と場所を提示してきたのはあなただと。自分もよく知る神社だったので、彼女は安心してやってきたそうです」

「僕はなにもしてない」

「ご自身は会社にいてアリバイを作っておき、妻に殺害を依頼したのではないですか？」

「ば、馬鹿言うなって！　メ……メールは来たよ。でも放っておいた。いたずらだと思ったから」

「メールはあとで確認させていただきます」

男性が穏やかにほほえむ。

琴絵は違和に気づいた。あの、と自分のそばに立つ女性に視線を向け、訊ねる。

「言っていますとか、安心してとか、それって、その子は生きているんですね？」

「ええ」

「その子が、刺したのはあたしだって言ったんですか？　それとも皆さんが、夫婦だから夫に協力したのだろうと思ったんですか？」

女性が最前の男性に目を向けた。男性が軽くうなずく。

「ひとつは足跡です。詳しい話はできませんが、現場は細かな砂利が多いものの土の部分もあり、昨日の朝の雨もあって足跡の一部が取れたのです。男性とみられる大きさではなかった。また、刺された位置から考えて、池辺さんと同程度の身長である可能性が高い。彼女は女性の平均的な身長といっていい。あなたもそうですね」

「だから女性、……または小柄な男性？」

「後者の可能性は否定しませんが、関係者のなかにそういう男性はおらず、見ず知らずの人に襲われたとも考えづらいですね。池辺さんは篤志さんに呼びだされたと言っている。証拠を隠すためかスマホも持ち去られていた」

「僕は呼びだしてないって言ってるだろ！　知らないんだ！」

篤志が最も近くにいた男性につかみかかろうとしている。

琴絵は小さく手を挙げた。

「メールを読める人、もうひとりいます」

その場にいる全員から不審げな視線を浴びたが、琴絵は自分の考えが間違っていないと確信していた。

自分がその立場なら、同じことをするかもしれない。――将来。そう思いながらおなかに手をやる。

18

後悔はしていませんよと、警察の調べに対して、高奈文子は答えた。

刑事が文子の家にやってきたのは、土曜日の深夜だった。列をなしてというほどではないが、黒い車が数台やってきた。彼らが来るまえに、篤志からひとことだけの唐突なＬＩＮＥが入っていた。――逃げてくれ、と。

なぜ自分が逃げなくてはいけない、と文子は呆れた。そして悲しくなった。

篤志は大将の器ではない。それはわかっていた。仕事はできるのだ。見かけのよさや明るさも手伝って人は寄ってくる。頼られれば懸命に取り組む。感謝もされる。物事がうまく回っているときは、風に乗って舞いあがることもできるだろう。

だが、人生いいときばかりではない。逆境に遭うとたちまち視野が狭くなる。気持ちのコントロールを失うとすぐ代償を求める。プライドが高くて失敗や非を認められない。そして逃げを打つ。他者に責任を押しつける。

琴絵を伴侶に選んだのも篤志の失敗だ。子供のころに苦労した人間だから度量も大きいだろう、文子はそう思っていたがとんでもない。篤志の支えにならないどころか、ぐらぐらに揺れて、道連れにしようとする。

痴漢。そんな程度のものでつまずかせるとは情けない。

自分がフォローしてやらなくては。篤志がこれ以上つまずかないよう、邪魔なものは取り除かないといけない。篤志にミソがつくと会社まで傾きかねない。そう思ったから、行動に移したのだ。

文子は役員の辞任届にサインしたうえで、警察の車に乗った。

篤志はつなぎの社長にしかなれないかもしれない。だがその分、孫には英才教育を施してもらいたい。幸い、自分は顔が広い。頼める人間は何人か見繕ってある。

まず訊ねられたのは、篤志のメールをいつから見ていたのか、だ。

痴漢で逮捕されたと知った日に、篤志あての社用メールを副部長に同時転送するようシステム担当者に依頼した。そのとき文子へも転送されるようにした。文子のつながりで取ってきた取引先があるので、別途フォローしておかなくてはいけない。

転送解除の方法も聞いてあった。副部長のほうしか解除しなかったのは、今思えば虫の知らせだろう。数多くのビジネスメールに交じって、いたずらメールはたしかに届いてはいた。それとなく篤志に訊ねたことはあったが、無視していいと答える。だがすべてを無視してよいはずはない。

「こんにちは」という差出人の名前は、どこかほかと違う印象があった。ふざけているだけかもしれないが、普段はLINEでしかやりとりをしない若い子がメールのフォーマットを誤解したままフリーアドレスを作ったのでは。そう思って中身を読んだ。そして、いたずらではないと確信した。

痴漢の証拠を持っている、そんなことを書けるのは、被害者本人だけだ。

「あなたはそう考えて、夏川紗季さんの殺害を計画したのですか?」

文子の目の前に座る男性の刑事が、訊ねてきた。

そばの席に座ってパソコンを打っている女性の手が止まった。夏川の名前はそれまでの質問で出ていない。

最初に問われた被害者の名前も、池辺萌奈だった。

言い抜けられるだろうかと、文子は頭の中で計算する。着ていた服、処分済み。カツラとサングラス、処分済み。使ったダンベル、処分済み。スーツケース、処分済み。車、内外ともに洗浄済み。だがアリバイはない。

そこまで考えて、文子はふと可笑しくなった。なぜ自分が逃げなくてはいけない、そう思ったくせに逃げ道を探している。

低い声で笑った文子に、パソコンの女性が険しい目を向けてきた。男性が夏川の名前を出したとき、女性は手こそ止めたものの驚いてはいなかった。調べはついているのだろう。段取りの問題か。

男性はというと、憐《あわ》れむような表情だ。

篤志が転ばないよう、石ころを先にどけただけ。そう言ったらどんな顔になるだろう。同情などまっぴらだ。

文子はうなずいた。最初にメールを見たとき、夏川紗季だと思った。夏川の住所は示談交渉に入った当初から川端に聞いている。相手の不利な情報を得たかったからだ。改めて下見をした。車でも、徒歩でも。偶然、旧知の社長と道で会ったが、孫が生まれるので年相応の恰好をと思って買った地味な服を着ていたため、まったく気づかれなかった。捨てるばかりの服が、まさか変装に役立つとは。これならだいじょうぶだと自信を持った。

その後も、車で二日ほど張った。

あの日、金曜日――マンションから出てきた夏川は強張った表情で自転車にまたがった。どこに行くか見当はついていた。河川敷だ。その前日も、彼女は同じ行動をしていた。文子の車は後ろをついたり、先に行って路肩で待ったり、夏川の行方を確認しながら走った。

さらうのによさそうな場所の見当はつけてあった。あとは近くに人がいるかいないかだけだ。十二月の声を聞いて、夕刻の河原にやってくる人はいるだろうか。前日はギリギリで現れてしまった。でもあの日は——

二キロのダンベルで背後から頭を殴って、意識のない夏川をバックドアからラゲージスペースに収めた。自転車も載せる。怪しまれないようほかの場所に移動してから、夏川の身体をスーツケースに詰める。家の庭でシミュレーションを重ねていたから手早いものだ。孫のために買ったミニバン、シートを畳めば二台のロードバイクでも楽々立てて積めるという触れこみに惹《ひ》かれたものが、まさかこんなものを先に載せることになるなんて。

終焉《しゅうえん》の地とするマンションも、見繕ってあった。高奈物産の取引は建設資材が中心だ。古くて建て替えが計画されていることが小耳に入っていたので、住人は少ないだろうと踏んだ。下見をしてみるとたしかにひとけがなく、近くに防犯カメラがなくて外から容易に立ち入れるという条件にも合っていた。いくら小柄な女の子とはいえ、スーツケースを抱えて階段を上るのは苦労した。文子がスイミングで鍛えていなければできなかっただろう。それとも火事場の馬鹿力だったのか。篤志の邪魔をする石ころを排除する、その一心での。

夏川のLINEアプリを見て、家族以外でトーク画面の上位に現れている相手にメッセージを送る。階段の手摺りに夏川の指紋をつけてから地面へと落とす。自転車を近くに止めておく。すべてうまくいった。

なのに二通目のメールが「こんにちは」からやってきた。自分は相手を間違えてしまったのだ。脅迫者は別の人間だった。今度はメールに返事を出した。篤志のふりをしたつもりはない。届いた会社のアドレスとは別のアドレスを使ったのに、向こうが勘違いをしたのだ。証拠のすべてを確認したいと伝え、そちらの別アドレスに送ってもらった。以降もずっと、そのアドレスでやりとりをした。

送られてきたのは、篤志が痴漢をしている、まさにその瞬間の映像だった。

満員電車の中なのだろう、カメラと被写体が近い。プリーツのある布――スカートに、男の手が触れている。人さし指の第三関節、すぐ下の甲のあたりに黒子《ほくろ》が見えた。明らかに篤志の手だ。カメラがゆっくりと上がっていった。男の顔が映る。篤志の顔だ。鼻の穴を少し開け、冷たくも悦に入ったような薄い笑顔。メールに添付されていた写真はこのシーンだった。小さく「もう無理」という女の子の声が入っている。

夏川紗季は、友人に動画を撮らせていたのだ。警察が篤志を逮捕したまま放さなかったのは、この動画があったからだ。示談が取れなければ、確実に有罪となっただろう。

動かぬ証拠。

これをつかむために夏川は耐えていたのか、か細い声には同情の気持ちも湧く。だけどこんなものが世に出回ったら、篤志はおしまいだ。

脅迫者は、もうひと押しのために動画を送ってきたようだが、自分が誰かを知らせているも同然だ。夏川と一緒に篤志を捕まえた友人のどちらかだ。

ふたりの住所は夏川と同様、調べてあった。メールのやり取りのなかで女子のほう、池辺だとわかった。池辺の家の近くにも文子の知人はいて、土地勘があった。池辺は金に釣られてやってきた。

背後から二度刺して、スマホも奪った。動画のコピーをどこかに残しているかもしれないが、同じものは警察も持っている。メールで交渉した跡を残したくなかっただけだ。脅迫者が消えればそれでいい。腹立ちもあって林へとひきずって捨てた。

そのとき背後になにかの気配を感じて、急いでその場をあとにした。木々の揺れる音が続いたので、カラスだったのかもしれない。いっそつつかれるがいい。そんな哀れな姿で見つかったなら胸がすく。

なのに、死んでいなかったとは。

「池辺さんのスマホと凶器はどちらにありますか」

目の前の男性が訊ねてくる。スマホは壊し、堀川《ほりかわ》に捨てた。ナイフもだ。堀川は神社から近いあたりを流れているが、車で来ていたので海の近くまでくだってから捨てた。見つかるかどうかなんて知らない。

あとの心配は、篤志のことだけ。自分のやったことに、篤志はまったく関わっていない。自分が先回りをして動いただけだ。

篤志が転ばないように。誰にも邪魔されないように。

19

週が明けてから、美夏は高奈文子の逮捕を知った。詳しい話を聞けたのはさらに数日経ってからだ。マンションにやってきたのは雨宮ひとりだ。鶴見は事後処理で忙しいらしい。

「犯人はなぜ紗季を殺したんですか」

ダイニングテーブルで向かいあった雨宮が、神妙な面持ちでうなずく。

「紗季さんが高奈篤志に脅迫メールを送ったと思っていたようです。実際には、池辺さんが送っていたのですが」

萌奈のせいだったのか、と美夏は唇を噛む。

あの日、三人の刑事は突然やってきて突然帰っていった。どうやらあのとき入った連絡は、萌奈が意識を回復したというものだったようだ。

萌奈はM女学院を退学になった。パパ活に加えて金を脅し取ろうとしたせいだと麻衣は教えてくれた。文子逮捕の報道よりも先に、Twitter上で萌奈の話が出たという。

パパ活で停学になった子が、脅迫でも捕まったらしい、と。

発言者は、例の「ななちゃん猫まみれ」なるアカウントだった。Twitterを利用する一部の生徒の間で、その発言は不審がられていたという。ところがその発言が翌日、アカウントごと消された。逆にアカウントが消えたことで、あれは本当の話ではないかと噂になり、続けて萌奈の退学が生徒たちに知らされたという。

入院している萌奈を見舞いに行った生徒もいたそうだ。足が動かなくなるかもしれないと泣いていたという。

かわいそうだとは思うが、美夏は同情しない。紗季は命さえも失ったのだ。萌奈が高奈篤志に脅迫メールを出さなければ、なにも起こらなかった。萌奈自身、襲われることもなかった。

やったことはいつか自分に返ってくるのだ。良いことも、悪いことも。萌奈は代償を支払ったのだ。

いたたまれないような雨宮の表情で、美夏は自分が怖い顔をしていると気づいた。

咳払いでごまかすと、雨宮が口を開いた。

「高奈文子の運転する車が、紗季さんが亡くなった日の前日に、彼女の自転車の背後からつけるように走っていくようすが二ヵ所の防犯カメラに残っていました。当日ではなく前日だったため当初は気づかなかったのですが、本人の供述により、前日にも紗季さんを狙っていたことがわかりました。また、当日も同じ車が、少し離れた時間に映っていました」

「前日から……？」

「はい。実際にはさらにその前から、あたりを調べていたそうです」

それがあの、五十代ほどの不審な女性だったのでは。今はもう消されているが、逮捕を知ってすぐに見た高奈物産のサイトには、実年齢より十ばかりも若く見える文子の写真が載っていた。

「以前、紗季を探っていた女性がいたと伝えたじゃないですか。なのに鶴見さんは筋違いの感情を抱いてる人だとか言って」

あの可能性男が、と美夏は呆れる。雨宮は手を横に振った。

「実はふたりいたんです。ひとりは鶴見が申しあげたとおりで、紗季さんの件とは関係ありません。一方で、高奈文子は変装までして探っていたんです」

「変装？」

「とは言い過ぎかもしれませんが、彼女は派手な服を好む人なのに、普段とは違う地味な恰好をしていたんです。同じ時間に二ヵ所で目撃証言が出て、鶴見が別人の可能性があると気づいた次第です」

「その筋違いの人ってどういう人なんですか。言いふらしたりしませんから教えてください」

雨宮がためらってから話しだす。

「別の痴漢事件の関係者です。そのときの被害者がM女学院の生徒だったようです。ネットで紗季さんのことを知り、勘違いをして探っていたというのが真相です」

なんて迷惑な。と眉をひそめる美夏に、雨宮が頭を下げた。

「そういうわけで、高奈文子が紗季さんを殺害した証拠をひとつずつ積み重ねているところです。車は密《ひそ》かに洗浄に出していましたが、紗季さんのものとみられる髪の毛がラゲージスペースの隙間から見つかっています。起訴までもうしばらくお待ちください」

雨宮も忙しいのか、マンションの外廊下をせかせかとした足取りで去っていった。

これで終わりなんだろうかと、美夏はため息をつく。

誰を責めれば気持ちが収まるのだろう。もちろん紗季を殺した高奈文子がもっとも憎い。許せない。けれど文子は、脅迫者を誤解していたという。脅迫した萌奈が悪い。しかし萌奈が脅迫したのは高奈篤志のほうで、ネタは彼の痴漢行為だ。すべてのきっかけを作ったのは篤志ということになる。

文子は裁かれ、萌奈は退学になる。だが元凶となった篤志はのうのうと暮らしていくのか。

納得がいかない。けれど一番納得がいかないのは、すべてが解決し、収まるところに収まったのに、紗季は戻ってこないことだ。

自分の身体の一部がなくなってしまったような感覚が、続いている。


終業式のこの日、麻衣の帰りは遅かった。吹奏楽部のクリスマスコンサートの準備も大詰めだ。中等部と高等部が合同で行う催しで、美夏は去年も聴きにいった。

博正は仕事だったので、紗季と一緒に。

「来ても来なくてもどっちでもいいけど、チケットはこれ」

麻衣がそう言って、ダイニングテーブルに二枚、チケットを置いた。

ありがとうと答えようとして、麻衣の顔を正面から見た。気のせいか、頬がすっきりしている。悪態ばかりついている麻衣だが、姉の死がこたえているようだ。

いやもしかしたら、もっと以前からかもしれない。自分が麻衣とちゃんと向きあっていなかっただけ、気づいていなかっただけでは。

つくりは悪くないのだ。眼鏡をコンタクトに替えて、スキンケアに気をつけて。

麻衣は身長もあるし姿勢もいい。度胸もある。音感もいい。

そう、自分にはまだ麻衣がいるじゃないか。

「麻衣……」

美夏の声に、麻衣が振り向く。

「なに？　なんか用？」

「今度一緒にデパートに行かない？　新しい服、買ってあげるから」

20

恵理子は、ノートパソコンを床に叩きつけそうになった。

どうしてこんなことになったんだろう。どこからおかしくなったのか。

祥平を死に追いやった女子高生を捜したかった、それだけだ。痴漢騒動の関係者がパパ活をしていたという発言に対して義憤を持った、それだけだ。だからつい、冤罪じゃないかと擁護してしまった。同じように思う人が多かったのだろう、恵理子の発言もまた、拡散していった。

ある引用ツイートがなされたのは、一日経ってからだ。

――十月末の東山線の痴漢騒ぎって、犯人が線路に逃げて死んだ事件のことだな。その場から逃げれば逮捕されずにすむという誤った情報が生んだ悲劇だ。でも逃げた、イコール、やったってこと。今ごろになって冤罪だなんだって、おまえ、関係者だろ。

翌日、フォロワー数の多いアカウントがそれをリツイートした。恵理子は知らなかったが、地元情報を発信するユーチューバーだったようだ。発言は一気に広まり、賛同が非難に変わってしまった。

「男性が線路内に立ち入って一名が死亡」というネット記事のリンクをわざわざ張ったものもいた。そのせいで遅延が発生して困ったという、当日に誰かが書いた古いツイートも取り上げられた。恵理子の発言に、おまえのせいだったか、仕事に遅れた損害を弁償しろ、というリプライもつけられた。

どう対処したらいいのか、恵理子にはわからなかった。俊介に相談しようとも考えたが、発言しないように釘を刺されていたことを思いだし、ためらった。

違います、関係ありません、知りません。短い言葉だが、一件一件、リプライをした。するといっそうの罵倒を受けた。どうすればいいかわからず、ネットを検索した。しつこく絡んでくるアカウントは相手にしないこと、ひどいようならためらわずにブロックを、そう書かれているアドバイスに従い、ブロックをした。そういえば以前、女子高生の顔がわかる映像をと要求した相手から自分も同じ目に遭った。これでやりとりは終わるだろう、そう思った。

しかし甘かった。ブロックされたことを相手が詰っていると、第三者から知らされた。親切心ではなく、文章から見て、非難の声だ。

この人たちはなにがしたいんだろう。非難している人のなかに、祥平の友達はいないようすだ。まったく関係のない他人に、どうしてここまで悪意を向けることができるのだろう。

恵理子は呆れたが、気持ちから切り離すことはできなかった。眠れなくなった。

いったん鎮まった攻撃だが、「夜見ヨミ黄泉」の発言は、線路内に立ち入った男性が死亡したと報じるネット記事の日付の前から止まったままだったと、誰かが指摘した。そこから考えるに、日を置いて出てきた冤罪という発言は遺《のこ》された家族か友人のものに違いない、と盛り上がっている。

祥平の過去のツイートもさまざまな形で引用された。見ていたドラマやアイドルについての他愛ないものばかりだが、通勤風景の写真があったせいで、そこから住んでいる地域が特定された。決め手となったのは夕焼けの写真だ。そこに写り込んでいるマンションと何軒かの一戸建てを指し、この場所からこの角度で撮られたものだろうと、わざわざ比較写真までつけて引用ツイートされたのだ。そしてその指摘は、当たっていた。

恵理子の心臓が、わしづかみにされたかのように苦しくなる。

以前、ゴミ置き場の脇の家に住む斎藤が、祥平の噂を撒《ま》いていた。あのことを覚えている人に見られたら、すぐに祥平と結びつけられる。住所も名前もネットでばらまかれてしまう。

恵理子は俊介に電話をかけた。なんとかしてほしいと相談すると、俊介は黙ってしまった。

「なんでそんなことしたんだよ」

しばらくしてから返ってきた声は、強張っていた。

「……だって。祥平を殺した子を見つけたくて」

「殺してない。何度も言っただろ。祥平が死んだのは自分自身のせいだって」

「だけど」

「全部やめるんだ。わかっただろ。母さんがやってることは、逆効果なんだよ。祥平がもう一度傷つく。母さん自身も傷つく。もうネットは見るな。Twitterのアカウントを消すんだ」

「私が消しても、ほかの人が書いたものは消えないでしょ。知らないところで噂されるじゃない。それをなんとかしてほしいって頼んでるの」

「それでも下火にはなる。祥平が死んでから、もう少しで二ヵ月なんだぞ。二ヵ月もの間、母さんはなにをしてた？　祥平を大事に思うなら、解放してやれよ」

恵理子は粘ってみたが、俊介はほかに方法がないの一点張りだった。

「消さないなら今から行く」

そう言って、俊介が電話を切った。覚悟を決めるしかないのかと、恵理子は思う。

ノートパソコンにもう一度向き直り、アカウントを消去する方法を検索した。そうこうしている間にも、非難の声が届く。

自分が祥平のアカウントを殺すのか。この中でひっそりと眠っていた祥平を消してしまうなんて。そう思うと恵理子の手が震える。タッチパッドに指を載せはしたものの、引っ込めた。

やっぱりできない。俊介にやってもらおう。あとは全部俊介に任せよう。

そう考えて、どれだけ時間が経ったのか。

玄関のインターフォンが鳴った。

俊介だ。鍵を忘れたのかと思い、恵理子は扉を開けた。反射的に。ためらうことなく。

目の前に、女性が立っていた。三十代から四十代ほどで、オリーブグリーンのごついフードつきコートの下は黒いパンツだ。コートの形は昔はやっていたので見たことがあるが、女性に見覚えはない。

「私、週刊茶話の槙野泉美と申します」

週刊茶話と聞き、恵理子に警戒心が湧きあがる。と同時に興味も持った。たしか以前、痴漢を捕まえた動画について、記事を載せていた。

女性――槙野は名刺を差しだしてきた。こちらを見ながら、にっこりと笑う。

「M女学院の生徒さんを捜していらっしゃるようですね。よほどのご事情があるのではと存じます。詳しいお話を、おうかがいできますでしょうか」

この人は自分の味方をしてくれるだろうか。

恵理子は、槙野の目を覗きこむ。

21

篤志が逮捕された。「児童買春、児童ポルノに係る行為等の規制及び処罰並びに児童の保護等に関する法律」に違反したという。

その長い法律名に、琴絵はひるむ。児童って、中学生ぐらいを指すのだろうか。

また痴漢で捕まったのだろうか。

電話越しに困惑していることが伝わったのだろう。連絡をしてきた警察官は、児童とは十八歳未満のものを指し、その児童を買春したり、児童ポルノの製造や所持をしていたり、児童に対する性的搾取や性的虐待をしたりしてはいけない、という法律なのだと説明してくれた。篤志はそのなかの、児童買春にかかわったのだと。

「昨夜、パパ活募集を行っていた未成年の少女を補導したのですが」

とはじまったので、脅迫メールを送ってきた池辺のことかと思ったが、警察官は別の子の話をしているようだ。

「その子と関係した相手のひとりとして浮上しました。三週間前の金曜日の夕刻、高奈さんと名古屋港近くの遊技施設で落ち合い、近くのホテルで性行為を持ったと」

金曜日の夕刻。——それは、紗季が殺された日時だった。

だから篤志にアリバイがなかったのか。警察の聴取に、車で川沿いを適当に流して走ったなんてあいまいな答えしか返せなかったのか。

そういえば紗季がパパ活にかかわっていたと知った篤志は、ひどい言葉で侮辱していた。琴絵はあのあとパパ活について調べ、性交渉をともなわないケースもあると知ったが、篤志は金をもらって男と寝るのだと一方的に決めつけていた。そういうことだったのかと腑に落ちる。

「申し訳ありませんでした」

琴絵は、電話の向こうの警察官に頭を下げて謝る。

警察官の話によると、五年以下の懲役又は三百万円以下の罰金が科されるという。どうぞ行為に見合う処罰をお願いしますと、口をついて出そうになる。

篤志は今夜、帰らない。次の帰宅がいつになるかもわからない。

琴絵は、マンションの部屋で荷物をまとめた。離婚届は書いた。退職届も用意した。社長である義父、将市には一緒に会社を守ってほしいと乞われたが、とても無理だ。それだけの気持ちをもう、篤志には持てない。

突然降ってわいた児童買春のことばかりではない。

篤志は紗季を貶めるために、女子高生であるかのように装った「ななちゃん猫まみれ」というアカウントでTwitterをしていた。あたかも紗季が痴漢詐欺を働いたかのごとく発言していたという。文子を擁護するつもりか、池辺が脅迫をしていたことも暴露した。まだ関係者しか知らない話だというのに。発言してからそう気づいた彼は、アカウントごと消したそうだ。

琴絵はそれを、文子を逮捕した刑事から聞いた。

情けなさと恥ずかしさに、身の縮む思いだった。

一生反省し続けてほしい。そう思うけれど、篤志はきっとすぐに忘れる。そんな篤志を父親にするわけにはいかない。

自分の決心は間違っていない。新しい仕事はまだ見つかっていないけれど、子供のためにもここで縁を切らないと。

文子の逮捕を知って、心配した父親と継母が久しぶりに連絡をくれた。事情を話すと、継母の晶子は一度帰ってきたらどうかと勧めてくれた。迷惑ではとためらう琴絵に、たしかに淳之介は受験だけど、出産予定日は試験が終わったあとだから、だいじょうぶだと。

悩んでいるよりも行動に移すほうが建設的ですよと、槙野が言っていたことを思いだす。そうすれば取り越し苦労だったと感じることも出てくると。

一緒にがんばろうねと、おなかを軽く叩いて合図を送る。強くならなくては。この子を母親として、そして父親としても守っていかなくては。

琴絵はダイニングテーブルの上に結婚指輪を置いた。もう戻ることはない。

エピローグ

　年が明けた。

　美夏は、けれど昨年を引きずっている。新春の清々しい気分にはなれそうにない。麻衣は頑固だ。そして聡《さと》い。

　美夏が紗季の身代わりを求めていることを察しているのか、美夏が素直な娘の像に当てはめようとすると、するりと身をひるがえす。それでいながら、麻衣自身の要求はうまく飲ませようとする。たとえばクラシックコンサートのチケットだ。今までは小遣いで学生席を買っていた。学生限定の安価な席だ。先日発売になったばかりのものは、家計からS席を買うことになった。勉強だと言われれば仕方がない。見透かされているのだ。

　とはいえまだ高校一年生。少しずつでも変わってくれるのではないか。希望は持たなくては。それが美夏にとっての支えだ。

　美夏はまだ会社に復帰していない。そろそろ戻ってこないと契約を解除すると連絡がきていた。このまま辞めてもいいけれど、働いたほうが気晴らしになるかもしれない。自分の身体の一部がなくなったような感覚とも、離れられるかもしれない。

風のうなる音が、マンションの部屋にいても聞こえるほどの日だった。インターフォンに応じると、モニターの向こうに槙野が立っていた。モッズパーカーを着こみ、スイーツらしき箱を掲げて見せてくる。寒いですね、冷えますねと連呼するので、部屋へと入れる。

「高奈文子の起訴の連絡は来ましたか?」

ダイニングテーブルに誘い、お持たせのケーキと紅茶のカップを置くと、槙野はさっそく訊ねてきた。美夏は苦笑する。

「まだです。けれど、高奈篤志が逮捕されたことは聞きました。児童買春だそうですよ。彼が紗季に痴漢をしたのがすべてのはじまりなのに彼だけが裁かれないなんてと思っていたから、そこは正直、溜飲《りゅういん》の下がる思いです。やったことはいつか自分に返ってくるんです。彼はその代償を支払ったのよ」

槙野が納得したようにほほえんだ。

「いつか自分に返ってくる、なるほどわかります」

「そういえば週刊茶話の新しい号、読みましたよ。うちを探ってた女の話も書いたのね。痴漢だと被害者に追及されて逃げた息子さんが線路に落ちて轢かれたって、ちょっと可哀《かわい》そうに思ったけれど。痴漢を行ったかどうかの真偽は明らかにしなかったんですね」

「本人への取材はもうできないし、母親は息子の無実を信じています。彼女にとってはそちらが真実ですし、憶測でものを書くわけにはいきません」

「読んでる人のほとんどが、逃げたなら確実に痴漢だと思ってるでしょうに」

周囲の人なら、その息子とは誰なのか、きっと知っている。女も含めて噂されているだろう。

「それは受け取る側の自由ですから」

槙野が、紅茶のカップを口に運んだ。断定しないことで、訴訟などのリスクを防いでいるのかもしれない。

「これで今回の痴漢に関する取材は終わりました。私はそのまえに取り組んでいた案件に戻ります」

「そのまえ？」

「申し上げていたと思いますが、性犯罪が自分のテーマなんです。昨今、芸能界において性加害の暴露や#MeToo運動があることはご存じでしょう？　どうお考えですか」

槙野の手元にノートがあった。いつの間にかそれが開かれている。

「どうって、それはわたしに訊ねてるの？」

「アンケートです。かつてその世界にいらっしゃいましたから」

槙野がうなずく。

「……そうねえ。よいほうに社会が向かっている気がするかしら。これからその世界に関わる人のためにも、安心して仕事ができる環境を作ってほしいというか」

美夏は慎重に答える。

紗季を託すには必要なことだ。……紗季はもういないけれど、麻衣を託すためにも。麻衣は多少の障害などはねのけていくだろう。麻衣ならば、逞《たくま》しく生き抜ける。

「ぜひそうありたいものですね。そのためには過去を清算しないといけない、というのが今の流れなんですよね。そういえばご存じですか。蓮河《はすかわ》ルイさんが、出演していた新人監督発掘プロジェクトのインディーズ映画のヒットをきっかけにメジャーに復帰するそうです。深夜ドラマの脇役だけど、春からの帯ドラマに出演されるとのこと」

「蓮河ルイさんって、ええっと、昔、薬で捕まった？」

「大スキャンダルでしたよね。一緒に薬をやっていた恋人の映画監督が亡くなったんですから。荒木田健司《あらきだけんじ》監督。そういえば遺作になった彼の作品に、美夏さんも出ていらっしゃいましたよね」

「……ええ」

「次の作品が撮れなかったのは残念ですね。ヒット小説の映画化という大型企画の監督に決まってたらしいじゃないですか。なのに遺作が、駄作とは言いませんが、小さな作品で終わってしまって」

「駄作って言い切っていいんじゃない？　自分が出たからわかってる」

すみません、と槙野が肩をすくめる。ケーキにフォークを入れていた。

話を変えよう。不自然にならないように。なにがいいだろう。笑みを浮かべながら、美夏は計算する。

「映画といえばゴールデングローブ賞が決まりましたね。次はアカデミー賞のノミネートと、年明けはワクワクする華やかな季節ですね。今年は――」

「美夏さんも最後の作品があれで本当にいいんですか？『プシューケ』を愛読していた身としては、もっと活躍なさると思ってたから、本当に残念で」

美夏と槙野、ふたりの声が重なった。

「以前も言ったけど、わたしの演技、ひどかったでしょ。結局才能がなかったってこと」

「荒木田監督、薬だけじゃなく、女癖の悪さも噂されてましたよね。すぐに手を出すって」

ふたり、また同時に話した。美夏は言葉を吐きながらも、耳で槙野の声を拾っていた。

「そうだった？　自分のふがいなさばかり気になって、全然覚えてない」

「有名でしたよ、女癖。だから蓮河さん、自分が部屋に来るよりも早い時間に誰かがいたって主張を変えなかったんですから」

「覚えてないなあ」

と美夏はまた繰り返す。思いだせずに困っている、という表情を作る。

本当だ。――記憶の蓋をこじ開けなければ見えないもの。そんなふうに忘れているものは、なかったも同じだ。

雑誌の読者層と自身の年齢が離れたあとで進むルートとして、別の雑誌のモデルになるよりも、俳優のほうが活躍できると思った。単純に、興味もあった。脇役として何本かのドラマに出たあと、事務所の先輩のバーターでメインキャストのひとりとして映画に出演した。その監督が荒木田だった。

幾度も下手くそとどなられた。そのたびに泣いたが、逃げたくはなかった。荒木田は、根性があると言ってくれた。映画の評判はあまりよくなく、美夏の演技も酷評を受けた。でも次はうまくやる、努力すればもっとうまくなる、そう信じていた。

荒木田に大型作品を撮る話が持ち上がっていると聞き、自分も使ってほしいと頼みこんだ。根性を褒めてもらえたからだ。荒木田は、演技指導をしてやるから部屋に来いと、美夏を呼んだ。

女癖が悪いという噂は聞いたことがあった。そればかりか、エクスタシーを感じさせるたぐいの怪しげな薬を飲まされることもあると。一方で、恋人ができてそんな悪癖からは足を洗ったという話も聞いていた。

不安はあった。だが、良い役をつかめるのではという欲望に負けた。

荒木田のマンションに出向くと、案の定、ベッドに誘われた。薬も、美容によいものだと勧められた。美夏に、肉体関係を持つ覚悟がないわけではなかったが、できれば避けたかったし、逃れる手段を探していた。ましてや薬など絶対に嫌だった。シャンパンと一緒に飲むのがいいと言われたが、荒木田は自分をよほどのもの知らずだと思っているのではと腹が立った。アルコールと薬を同時に摂取していいはずがない。だが固まっている美夏に、荒木田は手本を見せてきた。平気だと薬を舌に載せ、泡を口に注ぎ込む。

美夏は飲んだふりをして、舌先で薬をグラスに入れた。あとは酔ったふりをして倒してしまおうと。だがそれより先に、薬の回りかけていた荒木田が自身のグラスと間違えて手に取り、一気に飲み干してしまった。

とたん、荒木田がけいれんを起こす。

黒目が目の裏に吸いこまれるように上がり、白目は充血していく。けいれんが止まらない。目の前で起こっていることが怖くて、美夏は逃げかえった。

グラスを洗ったのか、指紋をふき取ったのか、そこは当時も今も思いだせない。

蓮河ルイは入れ替わりにやってきたのだろう。彼女は二十代女性の憧れと冠されるトップの俳優だった。荒木田との交際が発覚、そんな記事が出る直前だったようだ。

自分が部屋に入ったときにはもう荒木田は死んでいた、部屋のようすから見て別の女性がいたはず、と蓮河ルイは主張していた。けれど蓮河に直前のアリバイはなく、先に薬を飲んだ荒木田に死なれて嘘を言っているのだろうと見なされた。彼女も薬の使用を疑われてバッシングとなり、結局そのまま引退した——はずだ。ほそぼそながらも続けていたのか。

美夏の記憶が、槙野の語る荒木田と蓮河の昔話でゆっくりとほどかれていく。槙野は、美夏の知らない話も口にした。

「その際に、蓮河さんは尿検査を受けているんですよ。薬は検出されなかった」

「聞けばなんとなく思いだしてくるけど、そのあたりはさっぱりですね」

「彼女が薬を飲むまえに荒木田が苦しみだしたからその日は飲まなかった、とされたようです。ふたりの関係を追っていた写真週刊誌の記者に、キマっているとおぼしきショットを撮られていたこともあって、薬物使用は世間的にはクロと。荒木田が死んだのも、彼自ら飲んだと見なされて最終的には刑事処分を免れているんですが、警察への任意同行を受けたせいで逮捕されたかのように思われて叩かれて。そうはいっても業界内では、荒木田のオーバードーズにすぎず、蓮河は馬鹿な男に引っかかったと同情的な見方もあったとのこと。……でしたよね？」

槙野が、最後を美夏に向けて訊ねてくる。

「どうだったかな。薬で捕まる人は何年かおきに出るから、記憶がごっちゃだし」

「美夏さんが引退したころの話ですよ。印象に残りそうですけど」

「逆よ、逆。酷評を受けてやめたから、情報を入れないようにしてた」

「でも美夏さん、そのあと荒木田監督が撮る予定だった作品に出るはずでしたよね。結局その役、ほかの方が演じたけれど。あれ、どうしてですか？」

槙野の目が細くなる。

その作品は、監督名が発表される前だったこともあり、スムーズに別の監督にチェンジした。新しい監督は荒木田の友人で、彼が名前をあげていたからと美夏も起用された。

荒木田は友人に、美夏をどんなふうに紹介していたのだろう。酷評を受けていたのにキャストに入れたのはなぜか、どんな関係があったのだ、などと思っていないだろうか。

新しい監督は、参考にしたいと言いながら別の作品の撮影にまで見学にやってくる。怪しまれていないか不安で、もう演技どころではなくなった。周囲の視線さえも怖くなった。向けられるカメラに耐えられない。ちょうどそのころ、美夏は東京の大手広告代理店に勤める博正から、たびたび食事に誘われていた。いい意味で業界人らしさがなく、柔和で誠実そうだった。押しの弱さも優しさに感じた。朴訥《ぼくとつ》なルックスも、トラブルが少なそうだと思った。ほどなく交際に発展し、妊娠が発覚した。

「妊娠したから。……授かり婚なのよ、わたし」

「出産後も俳優を続ける方、多いのに。ファンとして私、残念でなりません」

「だから何度も言ってるけど、才能がなかったからよ。酷評で心が折れたの。ねえ、夢に破れた人なんていくらでもいるでしょ。あなたがなぜこんな話をしてるのかわからないけど、そういう文脈でわたしを取り上げるつもりなら帰ってくれる？　黒歴史には触れられたくない、それぐらいわかるでしょ」

本当は違う、と美夏は今でもわかっている。あの世界に残りたい気持ちはあった。だけど恐怖心が先に立ってしまった。いつ、自分が荒木田を見殺しにしたと明かされるだろうかと。だから、妊娠した。ピルを飲んでいると博正に言って。

紗季が生まれてほっとした。これで堂々と逃げられる。この子が自分を新しい場所に連れていってくれる、そう思った。

一方で感じた。自分ではなく、この子だったらあの場にとどまっていられるのでは。生き抜けるのではと。

麻衣の言ったとおりだ。

わたしは紗季を、自分の代わりにしたかったのだ。

最初から最後まで、紗季を利用していた。

槙野はゆっくりと笑顔になる。満足そうにも、諦めたようにも見える穏やかな表情だ。本心が見えない。

「すみませんでした。つい、美夏さんの引退が残念だったから余計な話をして。蓮河ルイさん、自伝を出そうと計画なさっています。私が性犯罪をテーマにしている関係で、インタビューをさせていただいたときに出た話なんですが。あ、尿検査の話はその自伝にも載るそうです。……荒木田監督の死には、まだ謎が残っているということも書くと」

とそこで、槙野は美夏を見つめる。

「なにか、ご存じないですか」

「……残念だけど、なにも」

「そうですか？」

納得の相槌ではなく、疑問符のつく相槌だった。

槙野はどこまで気づいているんだろう。怪しまれているのはたしかだけど、いまさら、十八年も経って証拠が見つかるはずはない。

美夏は槙野の目を見つめかえす。自分の心を覗けるなら覗いてみろと思いながら。

なにも答えるつもりはない。再び記憶に蓋をしようと美夏は決意する。

「ありがとうございました。またなにか思いだされたことがあれば教えてください」

名残惜しそうに、槙野がゆっくりと立ちあがる。

いつの間にか、槙野の前にあったケーキはきれいになくなっていた。美夏は、手をつけることもできていない。

槙野は笑顔を作り、美夏も笑みを浮かべたまま、玄関の扉がふたりを隔てた。ドアスコープの向こうにモッズパーカーが去っていくのをたしかめ、美夏は大きく息を吐いた。

やったことはいつか自分に返ってくるのだ。口にした言葉が重く感じる。

玄関のそばの壁に設えた鏡に、美夏の横顔が映っていた。紗季と瓜二つの横顔。けれど紗季の顔は、もう二度と映らない。

これがおまえの支払った代償だ。誰かがそう言っている。

〈参考文献〉

『男が痴漢になる理由』　斉藤章佳・著　イースト・プレス
『痴漢を弁護する理由』　大森顕、山本衛・編　日本評論社
『法律家のための科学捜査ガイド』　平岡義博・著　法律文化社
『死体は語る2　上野博士の法医学ノート』　上野正彦・著　文春文庫

このほかにもさまざまな本や新聞記事、ウェブサイトを参考にさせていただきました。

解説

若林　踏

　優れたスリラーを書くための条件は何か。この問いについては様々な答えがあるだろうが、ここでは視点とキャラクター造形の工夫、と答えておこう。そして本書『マザー／コンプレックス』は、それを十二分に備えたスリラー小説である。

　本書は水生大海によるノンシリーズ長編小説であり、書下ろしの文庫オリジナル作品だ。スリラーでなぜ視点とキャラクター造形の工夫が大事なのかは後述するとして、まずは本書の内容を紹介しよう。『マザー／コンプレックス』は主に三人の視点人物から構成される物語である。

　一人は蜂須賀《はちすか》恵理子という、息子を事故で亡くしたばかりの女性だ。亡くなった次男の祥平は、地下鉄内で痴漢行為をされたと女子高校生に訴えられ、その場から逃げ出そうと線路に飛び降りた後、電車に轢《ひ》かれて死んだのだという。だが、恵理子は祥平の痴漢は冤罪《えんざい》だと主張する。祥平自身の誕生日に母とのディナーを予約してくれる、いつも優しい息子が痴漢をするはずがない。長男の俊介が、祥平が盗撮したらしい動画を見せても、恵理子は頑《かたく》なに祥平の無実を信じようとするのだ。

　二人目の視点人物である夏川美夏は、若い頃にモデルや俳優として名を馳《は》せた時期があった人物だ。いまはデータ入力の業務を行いながら二人の娘を育てているが、長女である高校生の紗季が痴漢の被害にあったという報《しら》せを受けて、絶句する。紗季の友人たちの協力によって痴漢の加害者は捕まったものの、美夏の憤りは止まらない。大人しく穏やかな紗季は、きっと痴漢の格好の標的になってしまったのだ。痴漢をした人間に対する怒りを、美夏はどこまでも滾《たぎ》らせる。

三人目の高奈琴絵は、結婚五年目にして初めて子供を授かり、幸せの絶頂にいた。だが、その幸福が音を立てて崩れる時がやってくる。彼女の夫、篤志が痴漢の容疑で捕まったという報せが入るのだ。篤志は高奈物産という会社の跡取りであり、痴漢行為で捕まったことが社内に知れ渡れば一大事である。いや、それより自分のお腹《なか》には篤志の子供がいるのだ。この子との将来はどうなるのだ。思い遣《や》りの無い姑《しゅうとめ》の文子《あやこ》に嫌な思いをしながら、琴絵は不安を募らせる。

内容の紹介と言うより、それぞれの視点人物の説明をする形になって恐縮である。本書は「次に何が起こるのか」という興味で引っ張るスリラーであり、なるべく予備知識を入れずに作品を楽しんでもらうために、内容への言及は必要最小限に留《とど》めておきたいのだ。痴漢という忌むべき犯罪が共通項として浮かび上がる中で、三人の人生がどのように交錯し、どのような展開が待ち受けるのか。うねり、のたうつプロットに身を委ねて波乱の物語を楽しんでもらいたい。

ドメスティック・スリラーという言葉がある。主に家族の関係を中心に据えた犯罪小説を指し示す時に使われる言葉であり、身近な人間が事件に巻き込まれたり、或《ある》いは疑惑の渦中に投げ込まれることで、家族の在り方を登場人物たちが見つめ直すという物語構造を取ることが多い。一見、痴漢という題材を主軸に取り入れた小説に思える本作だが、実はドメスティック・スリラーの範疇《はんちゅう》に入る作品である。蜂須賀恵理子は息子への愛情が強いあまりに、祥平の痴漢冤罪を信じ切ってしまい、やがて極端な行動に走るようになる。いっぽうで被害者家族である夏川美夏も、自分の子供を傷つけられた怒りに囚《とら》われ、周りが一切見えなくなっていく。三人目の高奈琴絵は彼女の妊娠を知って以降、先走って喜ぶ文子の傍で、胎内にいる我が子の未来に暗澹《あんたん》たる思いを抱く。視点人物たちは家族への強すぎる思いに囚われているのだ。そして、この視点人物造形こそ、本作がスリラーとして光るものを感じさせる理由である。

というのも、本作の視点人物、特に蜂須賀恵理子と夏川美夏については読者の共感を拒むようなキャラクターとして書かれている。先述の過剰な母性を感じさせる言動ゆえに、たとえ彼女たちがどのような苦境に置かれても、読む側が感情移入しづらいように描かれているのだ。これは単に嫌な印象を与えるためではなく、敢《あ》えて共感を得にくいキャラクター造形にすることで、読者と作中人物の間に心理的な距離を作り上げる意図がある。共感できない、理解できないキャラクターがいるからこそ、常に不安定な気持ちを抱きながら読者は頁《ページ》を捲《めく》ることになるのだ。スリラー小説と聞くと、とにかく意外な展開が用意されていたり、盲点を突くような大どんでん返しを期待する読者も多いだろう。だが、意外性やどんでん返しを用意するだけでは、優れたスリラーとして成立しない。それだけに頼る小説は、ワンアイディアに溺れた小説になりがちだからだ。大事なのは、いかに読者の心理を不安定な状態に保ち続けることが出来るのか、という点にある。そのために敢えて共感できないキャラクターを視点人物に配し、読者が拠って立つ場所を失うように描くことも重要なのだ。

キャラクター造形について多く言及したが、もちろん本作はプロットの構成についても大いに工夫がある。まず称揚すべきは、第1部から第2部にかけて物語の力点が変わるところだ。先ほど述べた通り、本作では「一体何が起こるのか」という先行きの読めない展開が原動力になって進行していく。それが第1部の終わりで起こる出来事によって、「一体何が起こったのか」という謎が物語の焦点として加わることになるのだ。詳述は避けるが、謎解きの要素が次の頁を捲らせるための駆動力として追加されるのである。

また、最後の最後まで物語がどこに落ちるのか、という興味が尽きない点も魅力的だ。いち段落したと思ったら、予期せぬ方向から不意打ちを食らった気分で最終頁を閉じることになるだろう。開幕から終幕まで「何が起こるのか」という期待をずっと持続させる。この〝ずっと〟の部分が、スリラーを書く上で忘れてはいけないことなのだ。

水生大海作品が小学館文庫に収録されるのは初めてなので、著者の略歴を紹介しておく。水生大海は教育系出版社に勤務した後、一九九五年から漫画家として活動していた。その後、亜鷺一名義で二〇〇五年に「叶っては、いけない」という小説で第一回チュンソフト小説大賞の銅賞を受賞している。その三年後の二〇〇八年、水生大海名義で第一回ばらのまち福山ミステリー文学新人賞に応募した「罪人いずくにか」で優秀作を受賞し、翌年に同作を『少女たちの羅針盤』（原書房→光文社文庫）と改題し刊行したことで、本格的な小説家デビューを果たす。『少女たちの羅針盤』と第二長編『かいぶつのまち』が演劇ユニットを組んだ女子高校生たちを主人公にした謎解き小説であるため、最初期の活動における水生は青春ミステリの印象が強い作家だった。しかし、その後の水生は多彩な作風に挑戦するようになる。幾つかの系統に分類しながら作品を紹介しよう。

まず一つは、『マザー／コンプレックス』のようにサスペンスの要素を重視したスリラーの系統に入る作品である。この路線で注目すべきなのは、水生大海にとってデビューから三作目に当たる『善人と天秤と殺人と』(幻冬舎→幻冬舎文庫、単行本刊行時の題名は『善人マニア』)だ。中学時代の修学旅行である男を死なせてしまった主人公二人が偶然の再会を果たすことで思わぬ事態が起こっていく、という話で、文庫版解説の千街晶之《せんがいあきゆき》が指摘するように単なる後味の悪さを通り越した展開が度肝を抜く小説である。特筆すべきは、主人公たちの性格が正反対に描かれていることで、この対照的な人物像が物語を起伏のあるものに変えているのだ。キャラクターの造形がプロットと密接に結びついているという点で、本作は『マザー/コンプレックス』と似通っている部分がある。

また、『善人と天秤と殺人と』と共通項を持つスリラーとして、『冷たい手』(光文社→光文社文庫)を挙げておきたい。二十年前に起こった悲惨な出来事を体験した二人の登場人物が再会したものの、片方が何者かに殺害され、その容疑がもう片方の人物にかかってしまう、という話だ。過去の忌まわしい記憶を持つ者同士が出会ったことを契機に、予期せぬ展開が起きるという流れが、『善人と~』に似通っている。

仄暗《ほのぐら》いスリラーの書き手としての顔が、水生大海にはあるのだ。

そのいっぽうで、水生は賑《にぎ》やかなキャラクターの魅力を中心に据えた連作集を得意とする作家でもある。その代表が〈ランチ探偵〉シリーズだ。ランチタイムに合コンを行う先輩社員に同伴するミステリマニアの天野《あまの》ゆいかが、合コン中に不可解な謎を解くという、風変わりな安楽椅子探偵ものである。二〇二〇年に日本テレビ系列で「ランチ合コン探偵～恋とグルメと謎解きと～」というタイトルでドラマ化され、天野ゆいかを山本美月《みづき》が演じた。これ以外では新米社労士の朝倉雛子《ひなこ》を主人公にした〈社労士のヒナコ〉シリーズなどのいわゆる〝お仕事小説〟の要素があるものや、化け猫と少女のコンビが探偵役を務める〈まねき猫事件ノート〉シリーズのようにファンタジーの趣向が使われているものなど、実に様々な切り口の連作を発表している。

近年の著作で着目しておきたいのはノンシリーズ短編集だ。『最後のページをめくるまで』（双葉社→双葉社文庫）、『あなたが選ぶ結末は』（双葉社）がそれで、読者を飽きさせないためのサスペンスをしっかりと醸成しつつ、意外な結末で驚かせるという高密度の短編を堪能できる。

以上のように、多種多様なかたちのミステリに挑んでいる作家だ。いずれの作品でも共通するのは、しっかりと作り込まれたキャラクター造形が、物語作りと強固に繋《つな》がっていることである。確固たるキャラクター作りが優れたスリラーを生み出すことを、水生大海は証明している。

（わかばやし・ふみ／ミステリ書評家）

——本書のプロフィール——

本書は書き下ろしです。

小学館文庫

マザー／コンプレックス

著者 水生大海《みずきひろみ》

二〇二三年六月十一日 初版第一刷発行

発行人 石川和男
発行所 株式会社 小学館
〒一〇一-八〇〇一
東京都千代田区一ツ橋二-三-一
電話 編集〇三-三二三〇-五六一六
販売〇三-五二八一-三五五五
印刷所――凸版印刷株式会社

この文庫の詳しい内容はインターネットで24時間ご覧になれます。
小学館公式ホームページ https://www.shogakukan.co.jp

ISBN978-4-09-407262-4